사랑에 답함

나태주의 인.생.사.색 산문집

사랑에 답함

지은이 | 나태주
초판 발행 | 2024. 11. 27
2쇄 발행 | 2024. 11. 28
등록번호 | 제2023-000055호
등록된 곳 | 서울특별시 용산구 서빙고로65길 38 두란노빌딩
발행처 | 위더북
영업부 | 2078-3333   FAX | 080-749-3705
출판부 | 2078-3331

책 값은 뒤표지에 있습니다.
ISBN 979-11-987160-7-1 03810

독자의 의견을 기다립니다.
tpress@duranno.com   www.duranno.com

"삶의 모든 순간에 당신과 함께하는 책" 위더북은 두란노서원의 임프린트입니다.

사랑에 답함

나태주의 인 생 사 색 산문집

위더북

2부

마음을
맡아 줄
사람

3부

조금씩
가까이
가는 마음

4부

네 말 좀
들려 다오

스스로 행복해지기 위해서

나는 평생 조그만 사람, 단순한 사람, 시골 사람으로 일관하며 살았다. 열심히 한 일이라면 초등학교 선생이 되어 아이들을 가르친 일이고, 쉬지 않고 시를 쓴 일이다. 앞의 일이 의무적인 일, 밥벌이로서의 일이었다면 뒤의 일은 내가 하고 싶어서 한 일, 좋아서 한 일이라 할 것이다. 스스로, 교직은 직업이고 시인은 본업이라고 억지를 부리며 살았다.

젊은 날의 취미도 다양하지 못했다. 등산, 스포츠, 당구, 바둑, 화투, 게임, 그런 것들과도 담을 쌓고 살았다. 겨우 있었다면 이웃들과의 음주가 있었고 여행이 있었고 그림을 좋아하는 일, 음악 듣기, 산책 정도가 나를 지탱해 준 취미였다. 그렇구나. 시 쓰는 사람이니까 독서가 중요했겠지. 독서와 함께 그림, 음악, 산책, 여행이 나의 관심사였다.

30대 중반부터 아내를 따라 가까운 교회에 출석하긴 했지만 다만 일요일 신자, 크리스마스 신자에 불과했다. 60대 초반에 죽을병에 한 번 걸렸다 풀려난 이래 하나님에 대한 생각이 달라지고 영생에 대한 신념이 생기긴 했으나, 앓을 때 가졌던 붉고도 뜨거운 마음을 나날이 잃어 가며 사는 형편이 되었다. 사람 마음이 그렇게 굳지 못하고 간사하기조차 한 것이다.

그런 나에게 언제부턴가 두란노 출판사로부터 책 출간 제의가 와 있었다. '두란노'라면 기독교 전문 출판사가 아닌가. 내가 어찌 그런 출판사의 제안을 받아들일 수 있단 말인가. 나는 오랫동안 출판사의 제안을 받아들일 수 없었다. 그런데 어느 날 출판사로부터 수정 제안이 왔다. 두란노의 일반 브랜드 '위더북'이란 출판사를 통해 오로지 기독교 중심의 내용이 아니어도 좋으니 책을 한 권 내 보자고.

그래서 준비한 책이 이 책이다. 종교적인 내용이나 경험에 자신이 없는 나는 그저 나 자신의 이야기, 살아온 인생에 대한 생각을 중심으로 책을 쓰기로 했다. 다만 주제를 "사랑"에 집중하여 쓰기로 했고 책 이름도 《사랑에 답함》으로 하기로 했다. 그러다 보면 슬그머니 서투른 종교 이야기도 조금 묻어 나오지 않을까 싶은 기대감에서 시작한 일이다.

지난해 소천하신 김남조 선생한테서 들은 말씀이 있다. "사람은 젊어서는 자기가 사랑하는 사람이 보고 싶고, 늙어서는 자기를 사랑해 준 사람이 보고 싶어진다." 그래서 나는 이 책을 나를 사랑해 준 사람들의 이야기로 채우기로 했다. 나이 들어 나를 사랑해 준 사람들을 집중적으로 생각해 보는 일은 얼마나 행복한 일인가. 나는 결국 스스로 행복해지기 위해서 이 책을 쓰기로 했다.

2024년 초겨울
나태주, 감사의 마음으로

1부

살고
싶었다

깐에
없는 짓

어린 시절 우리 집은 참으로 가난했다. 그 시절의 생업은 주로 농업이라 논이 몇 마지기 있느냐가 잘살고 못살고의 기준이었다. 우리 집의 논은 겨우 여섯 마지기. 식구가 많았다. 할머니 두 분에다가 삼촌이 두 분, 우리 아버지 어머니와 우리 형제 여섯. 어떤 때는 사촌 형제들까지 한집에 어울려 사는 대가족 집 안이었다.

잘 먹고 잘 입고가 문제가 아니었다. 다만 하루하루 입에 풀칠하는 게 문제였다. 그야말로 배곯지 않고 헐벗지 않기 위해서 사는 사람들이 우리 집 사람들이었다. 이런 형편이니 어린 내가 외갓집에 맡겨져 길러진 것은 당연한 귀결이었었지 싶다. 외할머니 또한 내가 세 살 때 남편을 잃고 혼자 사시는 입장이니 그건 서로가 좋은 일이기도 했을 터이다.

외갓집 또한 넉넉한 형편은 아니었다. 외할아버지 병치레로 집을 팔고 농토를 팔아 외할머니의 논은 겨우 너 마지기밖에 없었고 외할머니는 남의 집 곁방살이(그 동네 말로는 접방살이)로 살고 있었다. 그러니까 나는 접방살이집 아이가 되었던 것이다. 하지만 외갓집은 식구가 단 두 식구이고 외할머니가 워낙 나에게 잘해 주셨으므로 남의 집일망정 춥지 않게 살았고 가난해도 배곯지 않게 살았다. 나에게는 그런 외갓집이 최상의 도피처였고 천국 그 자체였다.

그러나 나의 천국 생활도 열두 살 되던 해 외갓집 마을의 초등학교를 졸업하면서 끝이 났다. 초등학교 교육은 돈이 별로 들어가지 않아 외할머니가 감당할 만했으나 중학교 교육은 그게 아니었고 아버지 또한 맏이인 나를 다시 당신의 집으로 불러 중학교에 다니게 하고 싶어서 그랬던 것이다.

정말로 그 당시만 해도 저마다 중학교 다니던 시절이 아니었다. 한 마을에 중학생 아이가 몇 명 되지 않던 시절이다. 오죽했으면 중학교 교복에 검정 모자를 쓰고 가방을 들고 사립문을 나서는 아들아이의 뒷모습을 보고 어머니는 이 세상에서 당신 혼자서만 중학생 엄마가 된 듯 가슴이 벅차올랐다고 하셨을까.

하지만 여기에는 아버지의 숨겨진 소망과 노력이 있었다. 아버지의 형제는 여자 형제 둘에 남자 형제 넷. 육 남매 가운데 아버지는 셋째였고 위로 누나와 형님이 한 분씩 있었다. 그런데 형님은 돈 벌어 오겠다며 일본으로 나갔고, 누님은 일찍 결혼해서 아버지가 집안의 맏이처럼 살림을 도맡아 꾸리고 있었다.

워낙 집안이 가난하니 학교에 다닐 여유가 없었다 한다. 그러나 생래적으로 향학열이 있던 아버지는 집안 어른들 눈치채지 않게 살그머니 학교에 찾아가 입학을 하고 집안일을 도우면서 6년 과정, 초등학교를 마쳤다 한다. 그때 나이가 열일곱. 그리고 그다음 해 동갑내기 우리 어머니와 만나 결혼을 하신 것이다.

초등학교 졸업하고 나서 바로 결혼을 하신 셈인데 오늘에 와 그런 일은 상상조차 버거운 일이다. 아버지가 그렇게 초등학교 졸업하고 나서 바로 결혼하기는 했지만 아버지의 참된 꿈은 결혼이 아니라 학교 선생님이 되는 것이었다 한다. 그래서 초등학교 교사가 되는 사범학교에 입학 원서를 내기는 했지만 나이가 많다는 이유로 서류 전형에서 낙방했다고 한다.

이런 까닭에 아버지는 당신의 첫째 아이만은 어떻게 하든 일찍 초등학교에 입학시켜야 했고 또 아무리 가난한 집안 형편이지만 중학교에 보내야만 했던 것이다. 당신이 이루지 못한 꿈을 아들아이를 통해 이루고 싶은 아버지의 슬픈 소원이 작용했던 것이다. 그런 점에서 나는 아버지의 대리자였고 나의 인생은 아버지의 인생이기도 했다.

우리 집은 정말로 가난한 집이었다. 춘궁기란 것이 있고 보릿고개란 말이 있었지만 우리 집은 1년 내내 춘궁기요 보릿고

개였다. 땔감이 부족했고 식량이 달렸다. 오죽했으면 씨감자(씨앗으로 쓸 감자)까지 꺼내어 먹었을까. 하루하루 배를 채우고 살아남는 것이 과제 중 과제였다.

일단 양식이 바닥나면 동네 넉넉한 집에서 쌀을 가마니째 빌려다 먹었다. 장리쌀이란 것이다. 빚을 낼 때는 한 가마니인데 다음 해 갚을 때는 두 가마니를 갚아야 하는 그것은 고리채, 곱장리도 있었다. 이런 때 하는 말이 빈자소인(貧者小人)이요 목마른 자가 샘 판다는 말이다.

집안에 양식이 바닥날 기미가 보이면 할머니는 40리 밖 당신의 딸네 집, 그러니까 고모네 집으로 밥을 얻어먹으러 가시곤 했다. 먹는 입을 한 사람이라도 줄이기 위한 비상 수단이었다. 그렇게 친척 집에 밥을 빌어먹으러 가는 걸 시골 사람들은 또 '사발농사'라고 말했다. 슬픈 전설 같은 말이다.

고모네 집은 궁핍한 우리 집에 비해 먹거리가 넉넉한 집이었다. 논이 많고 밭이 많았다. 그러니 농산물이 많았음은 당연한 일. 고모부는 고모님보다 나이가 훨씬 연상인 분. 내가 어려서도 새하얀 한복 두루마기에 갓을 쓰고 다니는 걸 보았다. 고모님은 위로 딸을 내리 다섯을 낳고 아래로 아들을 셋이나 낳은 분이다. 아들 가운데 첫째가 용케도 나와 동갑, 해방둥이였다. 그런데 생일이 나보다 몇 달 늦어 내가 형이고 그가 억울하게 동생이다.

얼마나 기다리다가 귀하게 얻은 아들인가. 그래서 고모부는
그 아들의 이름을 구슬이 나타났다는 뜻으로 옥출(玉出)이라고
짓기도 했다. 성이 이씨이므로 이옥출이다. 출생 연도는 같지
만 내가 앞당겨 초등학교에 들어갔으므로 내가 한 해 앞서 학
교를 졸업하고 그는 그다음 해에 학교를 졸업했다.

내가 중학교에 들어갈 무렵, 고모부님이 우리 아버지에게 물
으셨다고 한다. "학교 졸업하면 아이를 어떻게 할 셈인가?" "중
학교에 보내려고 합니다." "뭐라고? 중학교에 보낸다고?" "네.
아무래도 그래야 할 것 같습니다." "이 사람 깐에 없는 짓을 하
는군. 그냥 서당에나 한 1년 보내어 글자나 익힌 다음 농사일이
나 시키게나."

여기서 '깐에 없는 짓'이란 제 능력 밖의 일을 한다는 뜻의 말
이다. ('깐'의 사전적 의미는 이렇다. '일의 형편 따위를 속으로 헤아려 보는 생각이
나 가늠.') 그러므로 그것은 나무람이기도 하고 비웃음이기도 했
다. 그럴 것이다. 끼니조차 없어 남의 집 장리쌀을 얻어다 먹는
주제에 아들을 중학교에 보낸다는 건 아무래도 고모부님에겐
요령부득의 일이었을 것이다.

그러나 아버지는 이런 주변 상황에 굴복하지 않으셨다. 내
가 서천중학교 입학시험에 합격하자 당당하게 데리고 와 교복
을 사서 입혀 중학교에 보내신 것이다. 물론 빚을 내어 그렇게
하신 것이리라.

이것은 아버지의 나이가 젊어서 그런 것이고 그분의 성격이 미래 지향적이어서 그런 것이다. 내가 중학교 들어갈 때 아버지의 나이는 31세. 이 얼마나 감사한 노릇인가. 정말로 고모님의 큰아들 옥출 씨는 그다음 해 초등학교를 졸업하고 마을의 서당에 몇 년 다니다 자기 집 농토를 가꾸는 농사꾼이 되었다.

그것이 바로 갈림길이었다. 부잣집 아들은 평생 농사꾼으로 살고 가난한 집 아들은 평생 공무원으로 산 것. 그것은 중학생이 되느냐 안 되느냐에 달렸었다. 젊은 아버지의 선견과 결단과 뒷받침이 오늘의 나를 있게 했다. 내 비록 아버지의 아바타로 살았다 때때로 불평하기도 했지만 이것은 아찔하도록 고마운 일이다. 아버지의 '깐에 없는 짓'이 나를 살렸고 오늘의 나를 가능하게 만들었다.

우 동
한 그 릇

사람에게는 한세상 사는 동안 죽을 고비가 몇 차례 있다고 한다. 나에게 맨 처음 죽을 고비는 언제였을까. 어려서 경기(驚氣)를 많이 했다는데 그것은 내 기억에 없는 일이고 내 기억에 남은 죽을 고비는 중학교 2학년 때의 일이다.

추수 끝내고 삼촌이랑 아버지가 초가지붕을 고치기 위해 나래('이엉'의 사투리로, 이엉은 초가집의 지붕이나 담을 이기 위하여 짚이나 새 따위로 엮은 물건)를 엮던 날이었으니 아무래도 10월 중순쯤이었지 싶다. 그날도 학교에서 수업을 마치고 통학생들이랑 떼를 지어 서천 읍내를 빠져나와 기찻길 철둑이 있는 곳까지 갔다. 서천역과 장항역을 잇는 외길 철도가 있는 곳이다.

아이들은 그곳을 '철둑'이라고 불렀다. 그 철둑은 일반 도로와 교차되는 부분으로 약간 높은 위치에 있다. 그래서 성능이 나쁜 트럭은 그 부분을 올라갈 때 매연을 검게 내뿜으며 벌벌거리기도 하고 속력을 낮추게 마련이다. 그때다 싶어 아이들은 트럭 뒤에 매달리고 가방을 먼저 트럭 짐칸으로 내던지고 올라탔다. 일종의 무임승차인 셈이다. 그러다가 사고가 날 수 있는 일이어서 트럭 운전기사가 매우 싫어하는 일이지만 아이들은 한사코 그런 모험을 했다.

그날도 그랬다. 철뚝 길 부분에서 멈칫거리던 아이들이 지나가는 트럭 한 대를 발견하고는 날랜 순서대로 트럭 꽁무니에 매달린 다음 트럭 짐칸 안으로 올라갔다. 운동 신경이 둔하고 키까지 작은 내가 가장 늦게 트럭에 올라탔음을 물론이다. 그냥 걸어서 혼자서라도 갔어야 하는데 가는 길에 길산장 안질매 그러니까 길산장 안동네인 원길리 아이들이 무서워 동행하는 아이들을 놓칠 수가 없었다. 중학교에 다니지 못하는 아이들이 중학교 다니는 아이들에게 분풀이로 그러는 건데 나는 길목을 지키고 으르렁대는 안질매 아이들이 그렇게 두려웠던 것이다.

당시의 트럭은 오늘날의 트럭과는 달리 모조리 개방형이고 짐칸의 양쪽으로 쇠로 된 굵은 칸막이 같은 가로 막대가 둘려져 있었다. 아이들은 그 가로 막대를 잡고 나란히 섰다. 자동차는 그제나 이제나 오른쪽 통행. 나도 바닥에 떨어진 가방을 챙겨 들고 아이들 뒤에 섰다. 불어오는 바람이 시원했다.

그렇게 조금 앞으로 달렸을 것이다. 바람이 시원하다고 느끼는 순간 무언가 나를 탁! 치는 것이 있었다. 순간적인 일이라 무엇이 어찌 된 줄을 내가 알지 못했다. 다만 갑자기 통증이 느껴졌고 눈이 캄캄해지면서 정신이 멍해졌을 뿐이다.

달리던 트럭이 멈춰 서고 아이들이 비명을 지르고 나는 트럭 바닥에 주저앉아 있었다. 본능적으로 나는 오른쪽 손을 들어 손바닥으로 무언가를 받아 들었다. 그것은 내 오른쪽 눈알이었다. 눈알이 쏟아져 손바닥에 쥐어진 것이었다.

나중에 아이들에게 듣고 상황을 재구성해서 안 일이지만 사건은 이렇게 된 것이었다. 트럭에 올라탄 아이들이 트럭 난간을 잡고 서 있었다. 먼저 탄 아이들 순이니까 키 큰 아이들이 앞에 서고 키가 작은 아이들이 뒤에 섰다. 내가 맨 뒤에 섰음은 물론이다.

도로 오른쪽으로 빠르게 달리던 트럭이 도로변 가로수를 스치며 지나갔다. 가로수는 아카시아나무. 가을이 되면서 도로 관리하는 어른들이 사다리를 타고 올라가 옆으로 자란 가로수 가지들을 낫으로 쳐 냈다. 바로 그 자리에 날카롭고 뾰족한 가지가 있었던 것이다. 앞에 섰던 키 큰 아이들은 미리 알고 피했는데 뒤에서 아무것도 보지 못한 나만 그 날카로운 가지에 오른쪽 눈 눈썹 부분과 눈꺼풀 부분이 두 줄로 잘려 나간 것이었다. 그야말로 그것은 혼돈 상황이었지만 나는 왼손으로 오른손을 받치며 밖으로 튀어나온 눈알을 본래의 자리로 집어넣었다. 그냥 무작정 쑤셔 넣었다고 보는 것이 옳을 것이다.

아, 그 아찔한 순간이라니! 사람은 태어나서 세 번 죽을 고비를 넘긴다더니, 그것이 나로서는 첫 번째 넘긴 죽을 고비였다. 트럭이 멈춰 서고 운전기사가 밖으로 나와 상황을 파악한 다음, 트럭은 길산장 쪽을 향해 빠르게 달려갔다. 길산장을 지나 원길리 들어가는 왼쪽 도로 옆에 삼세의원이라는 조그만 시골 병원이 있었는데 그리로 향해서 가는 것이었다.

나는 트럭 짐칸 바닥에 주저앉아 두 손으로 오른쪽 눈 부분을 받치고 있었지만 피는 여전히 흘러 손가락 사이를 타고 바닥으로 떨어졌다. 트럭 운전기사는 나를 부축하여 삼세의원 의사에게 보였다. 의사도 놀라는 눈치면서 붕산수로 세척만 하고 붕대를 감아 주고는 서천 큰 병원으로 가 보라고만 했다. 트럭을 타고 온 아이들은 제각기 집으로 돌아가고 나만 혼자 트럭 앞자리에 앉혀진 다음 서천으로 되짚어갔다.

나도 재수 없는 날이지만 트럭 운전기사도 재수 없는 날이었다. 하지만 트럭 운전기사는 마음씨가 좋은 분이라서 군소리하지 않고 다친 아이를 태워 다시 서천으로 가서 서천에서 제일 큰 병원인 서광병원이란 데로 데리고 갔다. 마침 의사가 있어 바로 치료를 받을 수 있었다. 침대에 누워서도 아버지 어머니 생각이 났다. 어머니는 얼마나 걱정을 하실 것이며 아버지는 또 얼마나 화를 내실 것인가!

한참 뒤에 아버지가 병원에 도착하셨다. 나래를 엮고 있는데 이웃 동네 아이들 몇이 내 가방과 교모를 들고 사립문 안으로 들어와 "수웅이 트럭 타고 오다가 눈을 많이 다쳐 서천 큰 병원으로 갔어요"라고 말하는 소리를 듣고 자전거를 타고 휘달려 왔다 했다. 수웅이는 어린 시절 내 이름이다.

수술이 시작되었다. 의사 선생님 이름은 구동옥. 오랫동안 한 장소에서 병원을 운영해 아버지도 안면은 있는 분이라 했다. 의사 선생님은 다친 부분을 씻어 내고 상처 난 부분을 꿰매야 한다고 했다. 아버지는 걱정스런 얼굴로 말없이 옆에 서 계셨을 것이다.

의사는 나에게 아프면 아프다고 소리를 질러도 좋다고 말하면서 봉합 수술을 했다. 상황이 급해서 마취도 하지 않고 그냥 꿰매는 수술이었다. 눈썹 부분 일곱 바늘, 눈꺼풀 부분 네 바늘, 듬성듬성 꿰맸다. 아주 많이 아프고 괴로웠지만 나는 한마디도 아프다는 소리를 하지 않고 속으로 참고 참았다. 수술을 마친 뒤 의사 선생님이 말했다. "아이가 참 참을성이 많구나."

수술을 마친 의사 선생님은 수술한 눈의 눈꺼풀을 당신의 오른손 엄지와 검지로 벌리고 왼손 손가락을 들어 올리면서 물었다. "내 손가락 지금 몇 개냐?" 흐릿하게 손가락 하나가 보였다. "하납니다." "그래, 그럼 이번은 몇 개냐?" "둘입니다." 대화를 마친 의사 선생님은 이번에는 아버지를 향해 말했다. "다행히 시신경까지는 다치지 않은 것 같습니다. 그러나 오늘 밤을 잘 넘겨야 합니다. 열이 나면 안 되고 자다가 토해도 안 됩니다. 주의하시기 바랍니다." 그러고서 아버지와 나는 의사 선생님에게 인사하고 병원을 나왔다. 아버지가 병원비를 어떻게 냈는지, 그런 것은 기억에 없다.

벌써 밖은 어두워 있었다. 가을날 짧은 해를 그렇게 소란스럽게 보낸 것이었다. 아버지는 나를 데리고 서천중학교 아래에 있는 방앗간 집으로 갔다. 그 집엔 나와 동급생인 아이가 있고 그 집주인의 처가댁이 우리가 사는 막동리 건너막꿀이라 해서 아버지와 약간의 지면이 있었다. 여관에라도 갔어야 하는데 아버지에겐 여관비를 낼 돈도 없었던 것이다.

무작정 찾아 들어가 사정을 이야기하고 하룻밤 자고 가자고 청했다. 주인도 당황하면서 그러면 문간방이라도 군불을 때 줄 테니 자고 가라고 호의를 베풀었다. 그래도 그 시절엔 피차 어렵게 살고 있었지만 매몰차게 거절하지 않는 인정이란 것이 남아 있었다.

오랫동안 사용하지 않던 허드렛방이었다. 서둘러 왕겨를 태워 방을 덥히긴 했는데 방바닥 갈라진 틈으로 연기가 스며들어와 방 안은 고랫재 냄새로 매캐했다. 그래도 어쩌겠나. 날이 저물어 갈 곳 없는 사람들이니 그나마 고맙다 여기고 자는 수밖에. 주인이 쓰다 남은 헌 이불 한 채를 가져다주었다.

이제 잠을 자면 되는 일이었다. 하지만 아직 저녁밥을 먹지 않은 채였다. "애야, 배고프겠다. 무얼 먹고 싶으냐?" 눈을 다쳐서 아버지에게 많이 미안하고 송구스러운데 아버지는 한 번도 화를 내거나 야단을 치지 않는 것만 황송할 따름이어서 한동안 대답을 하지 않고 있었다. "괜찮다. 말해 봐라. 무얼 먹고 싶으냐?" "우동이요." 나는 아주 작은 목소리로 말했다. "그래? 그럼 내가 우동 시키고 오마."

아버지는 잠시 나를 혼자 두고 밖으로 나가셨다. 아주 가까운 거리, 큰길에서 서천중학교로 들어가는 왼쪽 모퉁이에 홍성원이란 중국집이 있었는데 그리로 우동을 시키러 가신 것이었다. 몸이 아픈 중에도 나는 우동을 먹을 수 있다는 데에 잔뜩 기대를 하고 있었다. 얼마나 먹고 싶었던 우동인가! 다른 아이들은 가끔 우동을 먹었다고 자랑을 하는데 나는 한 번도 먹어 보지 못했던 것이다.

조금 뒤에 아버지가 돌아오시고 뒤따라 우동 한 그릇이 배달되어 왔다. 넓적하고 새하얀 그릇에 담긴 새하얗고 발이 굵은 국수. 국물에서는 뜨거운 김이 오르고 있었다. "배고프겠다. 식기 전에 먹어라." 아버지는 젓가락까지 내 손에 쥐여 주셨다. 망설이던 나는 천천히 우동 가닥을 건져 먹었다. 생전 처음 먹어 보는 우동. 맛이 새롭고 특별했다.

"왜, 그만 먹을래?" 아무래도 더는 먹을 수 없을 것 같았다. 어린 나로서는 한 그릇 우동의 양도 많았지만 몸을 다치고 난 뒤라서 더 먹을 수 없었다. 내가 젓가락을 내려놓자 아버지가 그 젓가락을 들고 우동 그릇에 남겨진 우동 가닥을 건져 드셨다. 그러고는 국물까지 바닥나게 드셨다. 빈 우동 그릇을 문밖 토방에 내다 놓은 뒤 아버지가 말씀하셨다. "이젠 정말로 자자."

아버지 옆에 누웠다. 방바닥은 따뜻했지만 방바닥이 울퉁불퉁해서 불편했다. 그냥 잠이 들면 되는 일이었다. 그런데 쉽게 잠이 오지 않았다. 방금 급하게 먹은 우동이 배 속에서 우글거리기 시작했다. 어떻게 해서 먹은 우동인가? 그냥 참아야지. 참아야지. 하지만 배 속에서 우글거리던 우동은 끝내 목구멍까지 올라와 넘실거리고 있었다. 그래도 참아야지. 어떻게 해서 먹은 우동인가? 참고, 참고, 참고 또 참았지만 더는 참을 수 없었다. 일곱 바늘, 네 바늘, 마취도 하지 않고 수술을 받을 때 아프다는 소리 한 번 밖으로 흘려보내지 않은 아이였지만 더는 참을 수가 없었다. 벌떡 일어나 방문을 밀치고 토방 쪽으로 얼굴을 내민 뒤, 왁! 배 속에서 울렁거리는 것들을 토해 냈다.

토사물은 아버지의 구두와 내 운동화에 소복이 쏟아져 쌓였다. 내가 토하기를 마치자 아버지가 밖으로 나가 당신의 구두와 내 운동화에 들어 있는 토사물을 툭툭 털어 낸 뒤 신발들을 거꾸로 엎어 놓으셨다. 나는 더욱 송구스러운 마음이 들어 아무 말도 하지 못하고 있었다. 그런데도 여전히 아버지는 화를 내지 않으셨다. 어린 나는 모르고 있었지만 아버지는 그때 의사 선생님의 당부 말씀을 생각하고 있었던 것이다. "오늘 밤을 잘 넘겨야 합니다. 열이 나면 안 되고 자다가 토하면 안 됩니다." 바로 그 말 때문에 걱정스럽기만 했던 것이다.

　다음 날 내가 어떻게 해서 집으로 돌아왔는지는 기억에 없다. 그 뒤 나는 힘센 삼촌이 끄는 짐 자전거 뒷자리에 방석을 깔고 앉아 분에 넘치는 대접을 받으며 몇 차례 서광병원 의사 선생님을 찾아가 치료를 받았다. 상처 부분을 열고 소독약으로 드레싱하고 페니실린 주사를 맞는 일이었다. 그러나 그렇게 병원비를 감당하는 것도 버거워 아버지는 동네에 사는 돌팔이 의사에게 부탁하여 드레싱과 페니실린 주사 놓아 주는 일을 대신하게 하셨다. (나는 지금도 이인환이란 분, 돌팔이 의사분의 이름을 고마운 마음으로 기억하고 있다.)

　그런데 그분이 고마운 것은, 눈을 다칠 때 눈 가장자리로 들어와서 곪기 시작한 나무 조각을 발견하고 제거해 준 일이다. 상처 부분은 빠르게 치료되는데 자꾸만 눈의 초점이 두 개로 보이고 노랗게 보이길래 그 증상을 말했더니 그 돌팔이 의사가 눈꺼풀을 뒤집어 보고 핀셋으로 고름이 생기기 시작한 나무 조각 하나를 빼내 준 것이다. 정말로 그대로 두었더라면 실명할 수도 있었는데 동네 돌팔이 의사가 그것을 발견하고 바로잡아 준 것이다.

　보름 넘게 학교를 쉬었을까. 상처는 쉽게 나았고 역시 동네 돌팔이 의사가 실밥까지 뽑아 주어서 학교에 다시 다니게 되었다.

　그 어려웠던 날, 고마운 사람이 참 많다. 트럭 운전기사 아저씨. 내 가방과 교모를 집에 가져다준 친구들. 서광병원 의사 선생님. 방앗간 주인 노씨 아저씨. 그 뒤에 치료해 준 동네 돌팔이 의사 아저씨. 누구보다도 고맙고도 감사한 분은 아버지. 그날 밤에 아버지가 사 주신 우동 한 그릇. 지금도 나는 중국집에 가면 짜장면도 시켜 먹지만 가끔은 우동을 시켜 먹으며 젊은 아버지를 떠올린다. 아버지의 당시 나이는 32세. 지금 사람들 같으면 결혼도 하지 않았을 청춘인데 아버지는 그렇게 지레 어른이고 말았다.

　눈을 다친 뒤로 나는 한동안 오른쪽 눈이 잘 감기지 않았다. 잠을 잘 때도 눈이 살짝 떠 있곤 했다. 낮잠이라도 잘라치면 어머니가 내 옆을 지나면서 혀를 차면서 말씀하시곤 했다. "쯧쯧, 어린 것이 눈을 다쳐서 눈이 잘 감기지 않는구나."

배나무
고개

아버지와 나는 어떠한 산 언덕길을 오르고 있었다. 사방이 고요했다. 다만 겨울 달빛만이 싸락눈처럼 내려 길바닥에 쌓였다. 발길을 옮길 때마다 달빛이 버석버석 소리를 내는 듯했다. 어쩌면 그 소리는 달빛이 내는 소리가 아니라 언덕에 깔린 흙이 내는 소리인데 달빛이 내는 소리라고 잘못 들었을지도 모른다.

한겨울의 달빛이라 더욱 밝고도 맑고도 깊었다. 달빛은 세상의 모든 물상을 현실이 아닌 환상의 세계로 바꾸어 놓는다. 꿈꾸는 것처럼 보이게 한다. 가까운 대상도 멀리에 있는 것처럼 보이게 한다. 아득하다. 그날 밤의 달빛도 그러했을 것이다.

사방이 확 틔었다. 난방을 푸나무로 하던 시절이라 사람들이 깊은 산속의 나무들까지 베어다 땔감으로 삼는 바람에 산에는 키 큰 나무가 드물고, 있다면 키 작은 나무나 덤불이 있을 뿐이다. 그러므로 사방은 더욱 멀리까지 보였다.

다만 나는 아버지를 따라 부지런히 발길을 옮기기만 하면 되었다. 아버지의 등판은 넓고 튼튼하다. 그 등판만 믿으면 된다. 아버지의 팔과 다리는 굵고 강하다. 그 팔과 다리만 믿으면 된다. 사방이 쥐 죽은 듯 고요하고 적막해도 하나도 무섭지 않다. 나에게는 아버지가 있으니까.

아버지는 나름대로 그 근방의 길머리를 알고 있는 듯했다. 아니, 알고 있어야 했다. 그렇지 않고서는 매섭도록 추운 2월의 달밤에 그런 산길을 어린 아들아이를 데리고 앞서서 걸을 수는 없는 일이었다. 예전엔 멀리 떨어진 친척 집도 걸어서 다녔고 아버지 또한 삼촌을 따라 몇 차례 그 근방까지 먼산나무를 하러 와 보았을지도 모른다.

아버지 말에 의하면 조금만 더 가면 외갓집 마을이 나온다 했다. 그래도 그것은 모험에 가까운 일. 서른네 살 젊은 아버지였기에 감행할 수 있는 정말로 모험이었다. 아들아이가 당신이 원하는 사범학교 입학시험에 합격하는 기쁨에 급한 마음이 작용했는지도 모른다.

그러나 아버지의 속내는 그것이 아니었을 것이다. 요는 돈 문제였다. 아버지의 수중에는 이미 돈이 바닥이 났던 거다. 공주에서 3박 4일 입학시험을 치르느라 둘이서 하숙비로 낸 돈이 수월찮았을 텐데 일개 농부일 따름인 아버지로서는 감당하기 어려운 수준이었지 싶다.

그러기에 3차 합격 발표가 나자마자 집으로 돌아가자고 했고, 집이 있는 서천 방향으로 가는 택시를 수소문해 무리하게 합승하기는 했지만 서천까지 가는 차비가 모자라 중간에서 내렸던 거다. 그 지점이 바로 서천군 판교면 등고리, 홍림저수지 부근.

아버지는 그날 날씨가 맑고 보름달이 뜨는 밤이란 걸 미리 알고 있었지 싶다. 그렇지 않고서야 그 낯선 지점에서 하차했을 리가 없다. 아버지와 내가 넘었던 그 고개는 등고리를 넘어서 서천에서 제일 높다는 봉림산 기슭으로 스쳐 지나가는 배나무 고개.

배나무가 많아서 배나무 고개인지, 고개 위에 깔린 흙이 배꽃 핀 것처럼 새하얗게 보여 배나무 고개인지 모르지만 어쨌든 배나무 고개. 내 기억 속의 어린 날엔 아직도 달빛 어린 새하얀 고개가 있다. 차고도 맑고도 밝은 겨울 달빛이 쏟아지는 고갯길. 그 고갯길은 마치 하늘로 솟아오르는 양 위로만 뻗어 있다. 여전히 나는 열다섯 어린아이이고 아버지는 여전히 서른네 살 청춘이다.

그날 밤 그렇게 밤길을 걷고 걸어 외갓집에 도착했을 때 외할머니는 이미 잠자리에 들어 있었다. 밖의 인기척에 잠을 깬 외할머니는 서둘러 호롱불에 불을 밝히셨고 방 안으로 들어간 나의 눈엔 괘종시계가 보였다. 외갓집 안방 벽에 걸린 괘종시계. 외할아버지의 유일한 유물인 괘종시계. 괘종시계는 새벽 1시를 가리키고 있었다.

아, 그것은 꿈이었던가. 그러나 정녕 꿈은 아닌 내 어린 날의 분명한 기억. 그 기억 속에서 나는 여전히 열다섯 어린 아들이고 아버지는 서른네 살 젊은 아버지가 된다. 나중에, 아주 나중에 아버지에게 들은 말이 있다. "말도 마라. 그날 밤 내 등줄기에서는 식은땀이 줄줄 흘러내렸단다." 나는 하나도 무섭지 않았는데 말이다.

옷핀 하 나

그렇게 좁은 공간이 아니다. 그 공간에 중학교 3학년 아이들이 가득 모였다. 여학생은 모르겠지만 남학생은 600명쯤 되었다. 충청남도 안의 여러 군에서 온 아이들. 저마다 학교에서 공부깨나 한다는 아이들이었다. 초등학교 교사를 기르는 학교인 공주사범학교 운동장. 1960년 1월의 어느 추운 겨울날.

600명 가운데 50명을 뽑는다고 했다. 대수로 쳐서는 12 대 1인데 50명 가운데 10명은 병설중학교 아이들이 무시험으로 올라온다니 15 대 1이 되는 치열한 경쟁이었다. 아이들은 줄을 지어 서서 시험을 주관하는 학교 선생님의 설명을 듣고 있었다. 한마디도 허투루 들어서는 안 되는 주의 사항들이었다.

아이들은 검정 교복 앞섶의 왼쪽 새끼 주머니 아래에 수험 번호표를 달고 있었다. 나도 수험 번호표를 달고 있었음은 물론이다. 수험 번호는 128번. 지금도 내가 분명히 외우고 있는 번호다. 그 번호가 쓰인 번호표를 아침에 아버지가 정성스럽게 달아 주신 것이다. 그러면서 아버지는 옷핀 하나를 더 준비해서 나의 교복 앞섶에 끼워 주셨다. "애야, 만약에 달고 있는 옷핀에 문제가 생기면 이걸로 대신하거라." 아버지는 그렇게 세심했고 자상한 성격이었다.

한참을 웅성거리며 설명을 듣고 있을 때였다. 옆줄에 서 있는 한 아이가 당황하는 목소리로 말했다. "옷핀이 없어서 수험표를 달지 못해서 어쩌나!" 그 아이도 나처럼 키가 작고 조그만 사내아이였다.

나는 얼른 아버지가 교복 앞섶에 여유로 끼워 주신 옷핀을 떠올렸다. '남은 옷핀을 저 아이에게 빌려주면 좋겠다' 생각하고 나서 바로 나는 옷핀을 꺼내어 그 아이에게 내밀었다. "이거 받아. 내게 남아 있는 옷핀이야." 그 아이는 고맙다는 말을 하고 옷핀을 받아 자기 수험 번호표를 앞섶에 달았다. 그리고 우리는 각각 예정된 순서대로 시험장에 들어가 시험을 치렀다.

장래 초등학교 선생님이 될 학생들을 선발하는 시험은 길고도 지루했다. 1차 시험은 필기 시험. 2차 시험은 실기 시험. 3차 시험은 면접 시험. 끝으로 교장 선생님의 면접 시험까지 치르고 나서 최종 합격자가 발표되었다. 600여 명이 모여 있던 운동장에 50명의 남학생, 최종 합격생들이 모였다. 썰물이 지나간 듯 운동장이 썰렁했다. 이제는 서로가 얼굴을 보아도 누가 누군지 분간이 갈 정도가 되었다.

역시 최종 합격생들도 키 순서대로 정렬해서 섰다. 나는 키가 작은 아이였으므로 맨 앞부분에 섰음은 물론이다. 그런데 앞줄 부분 키 작은 아이 가운데 낯익은 얼굴 하나가 보였다. 바로 내가 옷핀을 빌려주어 수험 번호표를 달게 한 그 아이였다. 반가웠다. "너도 합격했구나. 반가워." 우리는 인사를 나누고 서로 이름을 물었다.

"나는 서천중학교에서 온 나수웅이야." "나는 안면중학교에서 온 김기종이야." 그렇게 해서 우리는 다른 아이들에 앞서 친한 사이가 되었다. 3년 동안 공주에서 고등학교에 다니면서 서로의 고민을 이야기했고 또 좋은 이야기도 많이 나누며 지냈다. 특히 책을 읽고 그 독후감을 자주 나누는 사이가 되었다.

우리 두 사람은 그 뒤에 다 같이 이름을 고쳐 다른 이름을 갖게 되었다. 나는 고등학교 2학년 때인 1961년에 '수웅'이란 일본식 이름을 돌림자에 맞추어 '태주'란 이름으로 고치고, 김기종은 1979년도 '동현'이란 이름으로 고쳐서 행세했다. 그런데 본명이 김기종이고 고친 이름이 김동현인 그 사람이 나중에 나의 누이동생과 결혼하는 사람이 되었다. 그러니까 한 가족이 된 셈이다.

어쩌면 그것은 옷핀 하나가 이어 준 인연이 아닌가 싶다. 이것도 우연인가. 우리는 다 같이 중앙의 일간지 신춘문예 당선으로 시인이 된 사람들이다. 내가 1971년 서울신문 신춘문예

시 당선이었는데 김동현은 1977년 중앙일보 신춘문예 시 당선이었던 것이다. 다만 당선할 때 김동현의 이름이 개명 전 이름인 김기종으로 되어 있어 뒷날의 독자들이 잠시 혼동하기도 했을 뿐이다.

어떤
졸업식

아침부터 눈이 내리고 있었다. 내리더라도 그냥 내리는 눈이 아니라 하늘의 정원이 몽땅 무너져 내리는 양 내리는 눈이었고 하늘의 누군가가 통곡하는 것같이 내리는 눈이었다. 하필이면 그런 날이 졸업식이었다.

우리는 학교 강당에 모였다. 강당은 넓고 천장은 높았다. 난방이 된 것도 아니었으므로 강당의 내부는 물론 썰렁했다. 그 강당은 사범학교 학생들이 모여서 조회를 하기도 하고 체육 수업을 하기도 하던 강당이다. 전면에 높다란 단상이 있고 그 양편에 천지 그림과 요한 하인리히 페스탈로치(Johann Heinrich Pestalozzi)가 아이들에 둘러싸여 있는 대형 그림이 걸려 있었다.

웅성거리던 아이들이 잠잠해지고 졸업식이 시작되었다. 그런데 이 졸업식은 참 특별한 졸업식이다. 모든 졸업식에는 졸업하는 당사자가 있고 그를 따르는 재학생이 있기 마련인데 이 졸업식은 졸업생만 있고 재학생이 없기 때문이다. 무언가 한구석 빈 것 같은 허전함이 감돌고 있었다. 그것은 학생들만 그런 것이 아니라 선생님들도 그랬다.

공주사범학교. 1963년에 마지막 졸업생을 배출하고 문을 닫은 학교다. 그 뒤로 이 학교는 공주교육대학으로 간판을 바꿔 달고 오늘날까지 이어 오고 있다. 그러므로 그날 졸업식장에 모인 학생들은 공주사범학교의 마지막 졸업생들이었던 것이다.

정해진 순서에 따라 졸업장 수여가 있고 상장 수여가 있고 교장 선생님의 회고사가 있고 마지막 순서로 졸업생의 답사 순서가 되었다. 전통적으로 한국의 학교 졸업식에서는 재학생이 송사를 읽고 졸업생이 답사를 읽게 마련인데 이 졸업식은 재학생이 없으므로 졸업생 대표의 답사만 있게 되었다.

졸업생 대표로 답사를 읽은 학생은 여학생이었다. 여학생의 목소리는 맑고 또랑또랑했다. 구구절절이 3년 동안 학창 생활의 고비 고비를 회상하는 문장들을 정감 있게 읽어 내리고 있었다. 필요에 따라 적당히 울먹이기도 했지만 끝내 울지는 않았다.

그런데 엉뚱하게도 남자 졸업생 속에 끼어 있던 내가 흐느껴 울기 시작한 것이다. 아, 이 학교가 이제는 사라져 버리는구나, 우리가 막내 졸업생이구나, 그런 생각 때문에 내내 울먹울먹 울음을 참고 있었는데 졸업생 대표로 답사를 읽는 여학생의 목소리에 그만 울음의 둑이 터져 버린 것이었다.

강당의 흐린 유리창으로는 여전히 내리는 눈발이 보였다. 그냥 내리는 눈이 아니었다. 누군가 땅바닥에 엎드려 어깨를 들먹이며 퍽퍽 소리 내며 우는 것처럼 내리는 눈발이었다. 그래, 하늘도 우리의 형편을 생각해서 저렇게 울어 주는 거야, 생각이 거기에 미치자 나는 더욱 세차게 울음이 나왔다. 이제는 주변을 살필 겨를도 없이 어깨를 들썩이며까지 울었다.

나는 답사를 읽는 여학생의 목소리를 떠나서 나 혼자만의 회상에 들어갔다. 사실은 억지로 들어온 학교다. 나의 적성에는 맞지 않는 학교다. 애당초 나는 화가가 되거나 은행원이 되고 싶었지, 학교 선생님이 되고 싶었던 아이는 아니었다. 어디까지나 아버지의 청에 따라 아버지의 소원에 따라 초등학교 교사가 되기 위해 다닌 학교다.

3년 동안 학교 공부와는 담을 쌓고 살았다. 1학년 때 산 노트를 3학년 때까지 썼으니 얼마나 학교 공부와 멀었는지 알 만한 일이다. 다만 시인이 되고 싶은 꿈을 가졌다. 누가 시켜서 그런 것이 아니다. 이 또한 자발적으로 가진 꿈이다. 계기가 없었던 것이 아니다.

사범학교 합격자 발표가 있던 날, 아버지와 함께 택시를 타고 고향으로 돌아가는 길에 택시에 동승한 한 여학생을 좋아하게 되어 그 여학생에게 마음을 주면서 시인이 되는 꿈을 가졌던 것이다. 그 여학생을 좋아하는 마음을 어떻게든 표현하고 싶었는데 시 형식의 글로밖에는 다른 방법이 없었던 것이다.

나의 고등학교 3년 동안은 오로지 그 여학생을 바라보면서 혼자서 꿈꾸는 날들로 채워진 3년이었다. 더구나 나는 그 여학생의 이름을 내 마음대로 '난'이라고 지어 놓고 나 혼자만 마음 속으로 부르곤 했으니 이 얼마나 어리석었던 일인가.

그래도 나에게 의미 있고 좋았던 학교생활이 있었다. 그것은 음악 시간, 그 가운데서도 성악 시간의 노래 부르기. 당시 우리 학교에는 성악 담당과 기악 담당 두 분의 음악 선생님이 있었는데 성악 선생님이 로맨틱한 분이라서 음악 수업을 아주 신나게 재미있게 했다. 일단은 당신이 흥이 좋았다. 노래 부르며 피아노로 반주할 때는 피아노 위에서 두 손이 춤을 추는 것 같았다.

푸른 산 솟은 밑에/ 솟는 맑은 샘/ 복숭아 꽃이파리 샘물에 떨어지니/ 그 옛날의 네 모습이/ 샘물 위에 그려진다/ 아! 지나간 그 옛날의 아름다운 추억이여/ 아롱진 가지가지/ 감격에 찬 그때 일이 내 가슴에 펴오른다/ 내 가슴에 사무친다.

- 양명문 "샘가에서"(김동진 작곡)

학교에 입학하고 나서 처음으로 배운 노래다. 노래의 분위기나 가사 내용 때문에 그랬던가. 아니면 열어 놓은 유리창으로 밀려 들어오는 5월의 일락산 바람 때문에 그랬던가. 선생님을 따라 노래를 부르다 보면 가슴이 절로 열려 하늘이 내 가슴 속으로 통째로 들어오는 듯했다. 그 상쾌함. 그 승리감. 그것이 진정한 생명 감각이라는 것을 어린 나는 아직 모르고 있었다. 하지만 그것은 노래가 이렇게 좋을 수 없이 좋다는 것을 처음 알게 하는 계기가 되었다.

그리고 또 한 가지 좋았던 것은 학교의 장미 정원 사이로 오가는 여학생의 무리를 멀리서 지켜보는 일이었다. 당시 우리 학교는 본관 2층 건물에다가 뒤편으로 여러 채의 부속 건물이 있었는데 그 가운데는 6·25전쟁 때 폭격으로 파괴되고 건물터만 남은 교사도 있었다. 거기에 학교에서 장미를 심어 기르고 있어서 자연스럽게 그곳이 장미 정원으로 되어 있었다.

더구나 여학생의 가사 실습실과 공작실과 미술실이 그 장미 정원을 지나 더 먼 건물에 있어서 여학생들이 그 장미 정원의 사잇길로 오가도록 되어 있었다. 더러는 쉬는 시간 두셋이서 짝을 지어 그 장미 정원 사이를 산책하는 여학생들을 보는 때도 있었다. 그런데 그 여학생들 가운데에서 내가 마음속으로만 생각하던 난이를 보는 날은 내가 세상을 다 가진 듯 기쁜 날이었다.

생각이 그쯤 머물렀을 때 졸업생 대표의 답사도 끝이 나고 있었다. 따라서 어깨를 들먹이면서까지 울던 나의 철없는 울음도 잦아들고 있었다. 때마침 창밖에 그토록 거세게 내리던 눈이 그쳤는지 안 그쳤는지는 기억에 없다. 어쩌면 그날의 졸업식에서 문득 터진 나의 울음은 3년 동안 허송한 학교생활에 대한 반성의 울음이고 참회의 표시 같은 것이었는지도 모르겠다.

아버지를
용서해 드리자

어려서 나의 꿈은 학교 선생님이 아니었다. 다만 그림을 좋아해서 화가가 무엇인지도 모르면서 화가가 되고 싶었다. 초등학교 시절 학교 밖에서 받은 상이 있었다면 서천 군내 초등학교 사생 대회 정물화 부문에서 동상을 받은 것이 유일하다. 4학년 때였던가, 5학년 때였던가, 그랬을 것이다.

중학교 시절엔 상업학교에 들어가 은행원이 되고 싶었다. 우리 집은 언제나 돈이 부족한 집. 얼른 은행원이 되어 돈을 실컷 세어 보는 사람이 되고 싶었다. 일곱 살 때 논산 훈련소에서 훈련받던 아버지 면회 가는 길에 보았던 강경상업고등학교가 내가 가고 싶은 유일한 학교였다.

그런데 초등학교 선생이 되어, 만 나이 열아홉 살부터 예순두 살까지 43년 3개월 동안 초등학교 선생으로 묶여서 살았다. 오로지 아버지 소망에 의해 그랬다. 어려서 초등학교 선생이 되고 싶었지만 집안이 가난하고 학교 공부를 너무 늦게 시작하여 그 꿈을 이루지 못한 아버지.

그런 아버지는 맏이 아들로 태어난 나를 끝내 초등학교 선생으로 만들고 싶어 했다. 그것은 어길 수 없는 명령이었고 사명이었다. 43년 3개월 이어 온 직장 생활이지만 무언가 나에게는 어울리지 않는 옷과 같다는 느낌을 떨칠 수 없었다. 늘 불만이 가슴 한구석 도사리고 있었다.

초등학교 선생을 하면서 그나마 시를 쓰는 사람이 아니었다면 나는 그 질식 상태에서 벗어날 수 없었을 것이다. 초등학교 선생을 하는 한 나는 아버지의 대리자였다. 나의 인생은 나의 인생이 아니고 아버지의 인생이었다. 요즘 '아바타'란 말이 있는데 바로 아바타로서 살았다.

아버지는 늘 나에게 탁월한 선생을 요구했다. 두루 능력 있고 칭찬받는 선생을 원했다. 하지만 나의 능력은 아버지의 기대에 충분히 부응하지 못했고 늘 미달 상태에 머물렀다. 이런 아들을 보시는 아버지는 답답하셨을 것이다. 언제나 아심찮고 부족하고 믿음이 가지 않는 아들. 의젓하지 못한 아들.

그러나 나는 나대로 아버지가 부담스러웠다. 언제나 아버지의 눈길이 나의 등 뒤에 바짝 와 있어서 그 눈길로부터 멀리 피하고 싶었고 도망가고 싶었다. 아버지가 나를 짐스러워했다면 나 또한 아버지가 짐스러웠다. 부리고 어딘가 부리고 싶지만 부릴 수 없는 짐짝이 아버지였다.

무슨 일을 하든지 내가 하는 일은 아버지가 하는 일이었고 어떤 길을 가든 그 길은 아버지가 동행하는 길이었다. 결코 벗어 놓을 수 없는 아버지. 멀리 도망칠 수 없는 아버지. 기껏 아버지와 반대 방향으로 달려왔다고 생각했는데 나중에 보니 그 길은 또 아버지의 길이었다.

그러한 내가 겨우 아버지를 등에서 내려놓은 것은 초등학교 교감을 지나 충남교육연수원 장학사를 5년이나 마치고 다시 논산의 호암초등학교 교감으로 복귀한 뒤였다. 이제 나이도 50대에 이르고 있었다. 이제는 나의 인생이 아버지의 인생이어서는 안 되겠다는 나름의 자각이 있었다.

구체적으로 교원 연금 납부 기간이 끝나면서 생각이 달라졌다. 교원 연금 납부 기간은 33년이다. 퇴직 후에 교원 연금을 받기 위한 기금을 33년 동안 매달 납부하게 되면, 당신은 이제 교원 연금 납부자에서 제외된다는 통지서가 연금공단으로부터 온다. 그것은 실로 감개무량한 일이다.

아, 이제 나는 교원 연금 납부자에서도 제외되는 사람이 되었구나. 그것은 홀가분함이면서도 섭섭함이었다. 그런 저간에 아버지 생각이 떠올랐다. 내가 이렇게 연금 납부를 마감할 수 있었던 것은 오로지 아버지가 시켜서 한 초등학교 교직 생활로써 가능한 일이 아니던가.

그때에야 아버지에 대한 감사의 마음이 구체적으로 떠올랐다. 그렇구나. 아버지의 뜻을 헤아리고 아버지에 대한 진정한 감사를 느끼기까지는 적어도 33년이라는 세월이 필요한 거구나. 그 지루함과 기다림을 인내한 뒤에야 겨우겨우 열리는 세상이구나.

그 뒤로 나는 고향에 계신 아버지에게 매달 연금 납부 액수만큼이라도 용돈을 드려야겠다고 생각을 하고 한동안 그렇게 한 적이 있다. 생각해 보면 이 또한 아득히 먼 옛날의 일. 1995년경의 일이니 벌써 30년 전의 일이다. 그런 뒤로 아버지에 대한 부담이며 원망이 나름대로 줄어들었다.

하지만 내가 아버지에 대한 짐을 완전히 벗을 수 있었던 것은 그로부터 몇 년 뒤, 초등학교 교장 자격 연수를 받고 난 뒤의 일이다. 그것은 1998년 여름. 나는 충북에 자리한 한국교원대학에서 소정의 연수 과정을 거쳐 초등학교 교장 자격을 얻었다. 교직 출발 34년 만의 일이었다.

일정에 따라 연수를 마치고 마지막 시험을 보고 난 날 저녁. 나는 다감한 심정이 되었다. 아, 이제는 내가 교장이 되는구나. 더는 교직 생활 중 시험을 보지 않아도 좋겠구나. 다시금 아버지 생각이 났다. 다른 연수생들은 기분이 좋아 술을 마시러 가는데 나는 고향에 계신 부모님께 전화를 걸었다.

공중전화 박스에 동전을 넣고 전화를 걸었을 때, 어머니가 먼저 전화를 받으셨다. 내가 아버지를 바꿔 달라 하니까 어머니가 사랑방에 계신 아버지에게 말씀하셨다. "여보, 큰애 전화예요. 당신 바꾸라고 그러네요." 아버지가 전화를 받자 나는 제법 상기된 목소리로 말씀을 드렸다.

"아버지, 접니다. 제가 오늘 교원대학교에서 교장이 되는 마지막 시험을 봤습니다. 이제 제가 교장이 됩니다. 아버지, 고맙습니다!" 그러자 곧장 아버지의 말씀이 들려왔다. "고맙구나, 우리 아들. 장하다." 그것은 생전 처음 아버지로부터 듣는 칭찬의 말씀이었다. 가슴이 찌르르 느껴져 왔다. 아버지 뜻을 받아 초등학교 선생을 하기를 잘했구나 싶은 생각이 들었다.

전화기를 놓고 나는 기숙사 옆의 넓은 풀밭으로 갔다. 풀밭은 고즈넉 어둠 속에 묻혀 있었다. 나는 그 풀밭에 벌러덩 누웠다. 누워서 깍지 베개를 하고 하늘을 보니 하늘에는 너무나도 초롱한 별들이 떠 있었다. 다른 데서 보던 별들보다 더욱 눈부시게 빛나는 별들이었다. 나는 그 별들이 빛나는 하늘을 향해 소리쳐 불러 보았다. "아버지!"

나의 목소리는 외롭게 하늘 속으로 올라갔다가 다시금 내게로 쏟아져 내려왔다. 올라갈 때는 혼자서였지만 내려올 때는 은빛 별빛 가루를 머금고 오는 소리였다. 충북 청원군 강내면 다락리 산7번지, 한국교원대학교 기숙사 옆 풀밭. 그곳은 내가 아버지를 용서해 드린 고마운 장소였다.

아버지의   꿈

우리 아버지는 평생을 농부로 사신 분이다. 그러나 아버지의 꿈은 농부가 아니었다. 하기는 당시 농부치고 농부로 살고 싶어서 농부인 사람이 있을까만 말이다. 어려서 아버지의 꿈은 초등학교 교사였고 젊어서 아버지의 꿈은 경찰관이거나 군인이었다. 나아가 장년기엔 작은 사업가를 소망하기도 하셨다.

그러나 아버지는 그 가운데 아무런 직업도 갖지 못하고 다만 농사짓는 사람, 농투성이로만 사셨다. "처옥자쇄"(妻獄子鎖)란 옛말이 있다. 아내는 감옥이요 자식은 그 옥에 단 자물쇠 같아서 한평생 갇혀서 살 수밖에 없는 남자의 운명을 상징하는 말인데 아버지야말로 바로 그런 분이셨다.

우선은 어머니가 붙잡고 할머니가 붙잡고 여섯이나 되는 자식들이 매달렸다. 한 발자국도 집을 떠나서는 살 수 없는 운명이었다. 오직 가족을 위해 무한히 인내하고 희생해야만 하는 자리가 아버지의 자리였다. 그러니 당신의 꿈 같은 걸 펼쳐 볼 여유나 기회가 있었을 리 없다.

다만 아버지는 농토를 많이 가지고 농사짓는 농부가 되고 싶어 하셨다. 그래서 맏이인 나더러도 선생이 되면 돈을 모아서 논이나 몇 마지기 사 달라는 말씀을 자주 하시곤 했다. 그러나 나는 글을 쓰면서 사는 일도 벅차고 이것저것 하느라 돈이 모자란 판에 아버지 논을 사 드릴 여유가 도무지 없었다. 애당초 나는 아버지의 삶과 나의 삶이 다르다고 생각했을지도 모른다.

사람의 일에는 두 가지가 있다고 본다. 자기가 하고 싶어서 하는 일과 자기는 하고 싶지 않지만 어쩔 수 없이 하는 일. 아버지의 일생은 하고 싶어서 하는 일을 하면서 산 인생이 아니라 해야만 하기에 어쩔 수 없이 해야 하는 일을 하면서 산 인생이라 하겠다. 농사일이 바로 그것이다.

아버지는 자주 당신 자신을 '반거챙이'란 말로 표현하셨다. 반거챙이는 '반거충이'의 충청도식 발음으로 '무엇을 배우다가 중도에 그만두어 다 이루지 못한 사람'을 가리킨다. 그러니까 당신은 공부도 중도에서 그만두어 이루지 못했고 농사꾼으로도 제대로 되지 못하고 반만 되었다는 것이다. 신식 표현으로 말하면 평생을 경계인으로 살았노라는 하소연이다.

더러 시골에는 50대쯤 일손을 놓고 한들한들 놀면서 지내는 남정네들이 있었다. 주변에서는 그런 사람들을 '팔자 좋은 사람들'이라고 불렀다. 농사철로 바쁠 때에도 그런 사람들은 깔끔

한 옷차림으로 동네 길을 오가거나 심지어는 살포(논에 물의 양을 조절하기 위해 사용하는 농기구. 기다란 막대 끝에 조그만 삽과 같은 연장이 붙었다) 하나 짚고 자기네 논 물꼬를 보러 다니기도 했다. 그야말로 농사꾼들의 로망 같은 대상이었을 것이다.

나중에 아버지의 꿈은 50대쯤 그런 사람이 되는 것이었다. 그러나 끝내 아버지의 그 꿈은 이루어지지 않았다. 나이가 많이 들도록 논밭 일을 놓지 못하고 사셨기 때문이다. 그러나 나는 오히려 그것이 아버지에게는 다행스런 일이고 끝내는 잘된 일이 아니었나 생각한다.

사람이 무언가 열중으로 하는 일이 없어서는 안 된다. 무료해서도 안 되지만 삶의 의욕이 떨어져서는 안 된다. 끝내는 쉽게 몸과 마음이 쇠하고 무너지는 사람이 되기도 할 것이다. 비록 당신이 살고 싶어서 산 삶은 아니었지만 논밭에 나가 농작물들을 살피며 산 아버지의 삶이 내내 그분에게 긴장감을 주고 건강하게 작용했을 것이다.

아버지의 연세는 만으로 97세. 고향 서천의 한 노인 병원에 계시지만 40세부터 죽을지 모른다고 겁을 먹고 사셨던 아버지로서는 기적 같은 장수다. 부디 아버지의 인생 말년의 날들이 평안하기만을 비는 심정이었다. 그러나 아버지는 지난 5월 22일(2024년), 98세의 일기로 소천하셨다. 아버지가 분명 천국에 가셨을 것으로 믿고 다시 뵈올 때까지 평안하시기를 빈다.

소년 자제
노년 자제

내가 어렸을 시절만 해도 시골에는 '소년 자제 노년 자제'란 것
이 있었다. 젊은 부모가 낳은 자식은 소년 자제요 늙은 부모
가 낳은 자식은 노년 자제가 되는 것이다. 하나의 구습이요 유
교 문화의 잔재 같은 것이다. 나는 소년 자제였다. 아버지가
1926년생이신데 내가 1945년 출생이니 나는 19세 아버지의 자
식이었던 거다.

　나는 아버지가 젊다는 것이 내내 불편했다. 다른 아이들 아
버지처럼 너그럽지도 않고 부드럽지도 않은 나의 아버지. 아버
지는 나에 대한 요구가 많았고 간섭이 심했다. 그러다 보니 나
는 늘 아버지의 눈에 차지 않는 아들이었다. 기대 수준에 못 미
치는 아들을 면치 못했다.

　또 아버지는 성격상 괄괄한 분이시라 무슨 일이든 참고 기
다리기보다는 밖으로 내뿜는 편이었다. 나는 그런 아버지가 내
가 다니는 학교에 오시는 것도 반갑지 않았다. 내가 기억하기

로 아버지가 내가 다니던 초등학교에 오신 것은 6학년 졸업할 때 딱 한 번뿐이었지 싶다. 중학교 진학 문제로 오셨을지 모른다. 6학년 담임 선생님을 만나고 돌아가시는 아버지의 안색이 별로 밝지 않았다. 어쩌면 내 성적 문제로 기분이 나빴을지 모르고 또 담임 선생님과 의견 충돌이 있었을지도 모른다.

어쨌든 아버지는 젊은 나이이기 때문에 조금은 저돌적인 일면이 있었다. 이러한 성격이 당신 앞에 닥친 인생의 문제들을 그런대로 헤쳐 나가는 원동력이 되기도 했을 터이다. 중학교 졸업 무렵 나의 사범학교 입학 원서를 써 주지 않겠다는 담임 선생님을 찾아가 시험에 떨어져도 좋으니 원서만 써 달라 해서 밀어붙이신 분이 또 우리 아버지다. 나는 이런 아버지가 조금은 부담스러웠다.

아버지가 젊은 분이기에 당하는 불이익도 없지 않았다. 막동리 본가에 잠시 초등학교 1학년 다닐 때 같은 반이었던 친구가 있었다. 그의 아버지는 매우 나이가 많은 분. 그 친구는 그분의 막내아들이었고 그의 맏형은 우리 아버지와 친구 사이였다. 노년 자제였던 것이다.

고등학교 졸업하고 객지에서 교직 생활과 군대 생활을 마치고 고향의 학교로 돌아왔을 때 그 친구를 다시 만났다. "어이, 친구야" 하고 그의 이름을 불렀을 때 그는 뜨악한 표정을 지었다. "야, 너 그렇게 부르지 마. 내가 너의 아버지와 호형호제하는 사이란 말이야." 나는 입을 다물고 말았지만 속으로 어이가 없었다. 그러면 친구를 아저씨라 불러야 한단 말인가!

하지만 이제 와 생각해 보면 내가 소년 자제라서 유리하고 좋았던 면이 더 많았던 것 같다. 무엇보다도 아버지와 나이 차이가 크지 않으니 아버지와 공유한 인생이 길다는 점이다. 때로 내 인생이 아버지의 인생이기도 해서 답답하기도 했지만 그런 점이 장기적으로 보아서는 좋은 영향을 주었을 것이라고 본다. 누구나 인생은 처음 사는 인생이고 서툰 인생이다. 그런 인생에 젊은 아버지가 동행해 주어 그 당시로는 부담스러웠지만 장기적으로 보아선 축복이 되었다는 말이다.

내가 다니던 초등학교에서 반장을 한 아이가 있었다. 나보다 나이가 많아 키가 크고 몸집이 좋은 아이였다. 얼굴도 잘생긴 아이였고 공부도 학급에서 으뜸이었다. 담임 선생님의 신뢰가 깊었고 어느 모로 보나 모범생이었다.

나는 그 아이가 좋아 6학년 여름 방학 때는 그 아이네 집을 찾아가 놀다 오기도 했다. 외할머니와 사는 오두막집인 우리 집보다는 집의 규모가 컸다. 집 안에는 화초를 기르는 화분도 여러 개 있었다. 쥐꼬리선인장을 처음 본 것도 그 아이네 집에서였다. 알고 보니 아버지가 안 계신 아이였다. 어머니도 그 아이처럼 몸집이 부대하고 얼굴이 둥근 분인데 뜻밖에도 나이가 들어 보였다. 우리 외할머니의 나이쯤 되었다.

그런데 초등학교 졸업하고 제가끔 중학교에 들어갈 때 그 아이는 중학교에 들어가지 않았다. 뜻밖의 일이었다. 하지만 나이도 어리고 나의 일이 급하므로 그 아이에 대한 일은 까마득 뒤로 밀렸다. 나중에 어른이 되어 들으니 그 아이는 동네 이장의 일을 보다가 이른 나이에 세상을 떴다고 했다.

그 친구는 초등학교 후배이기도 한 구재기 시인의 고향 마을에 살던 사람이다. 성씨도 같은 구씨였다. 얼마 전 구재기 시인을 만나 그 친구의 이름을 대고 물었더니 구재기 시인의 대답이 의외였다. 같은 마을에 살던 집안사람이긴 하지만 기억이 별로 없고 그가 어떻게 살다가 세상을 떴는지 모르겠노란다.

그때에서야 나는 알 수 있었다. 그 친구가 노년 자제라 뒤에서 돌봐 주는 젊은 부모가 없었다는 것. 더구나 그 친구에겐 아버지가 안 계시어 더욱 인생을 불리하게 살 수밖에 없었을 것이라는 것. 인생은 이래저래 허망하고 부질없는 것인가 보다.

아버지에게 드린
말씀

우리 아버지는 학교 공부를 많이 한 분이 아니시다. 일제 침략기 겨우겨우 초등학교를 졸업했을 뿐인 분이시다. 그렇다고 서당 같은 데를 다녀 한학을 공부한 분도 아니시다. 하지만 무식한 사람으로 살지는 않으셨다. 머리가 총명하여 늘 주변의 다른 사람들에 비해 판단력이 좋았고 몸이 건강하여 실천력이 있었다. 당신은 스스로 뒷글로 배워 말글로 풀어 쓰는 사람이라고 말했고 그것들은 모두 어깨너머로 배운 것들이라 하셨다.

아버지는 어린 내가 잘 알아듣지 못하는 말씀을 자주 하셨다. 주로 그것은 한자로 된 말들인데 사자성어거나 유교 경전에 들어 있는 말이거나 그랬을 것이다. 지금도 내 기억에 남는 말로 "천성난개"(天性難改)란 말이 있다. '타고난 성품은 고치기 어렵다'는 뜻일 것이다. "주중불어진군자(酒中不語眞君子)요 재상분명대장부"(財上分明大丈夫)라는 말도 있다. '술에 취한 가운데 말이 없는 사람이 참다운 군자요, 재물에 대하여 분명하게 처신하는 사람은 대장부'라는 뜻일 것이다.

그러한 아버지에게 거꾸로 내가 들려 드린 좋은 말씀이 있다. 그 첫 번째가 아버지 고희를 맞을 때 들려 드린 말이다. 아버지와 나의 나이 차이가 19년. 아버지 연세가 70이라면 내 나이 51세 되던 해일 것이다. 아버지 고희를 맞아 기념 문집을 하나 만들어 드리고 싶었다. 가족들에게 아버지에 대한 글을 한 편씩 써 보라 주문했는데 아무도 쓰지 못한다 해서 난감했다.

어쩌나. 생각 끝에 나는 내가 지금까지 받은 아버지와 어머니의 편지글들을 모아 책을 내 드리면 좋겠다 싶었다. 거기다가 부모님을 생각하며 쓴 시들을 넣고 부모님 사진을 넣으면 좋지 않을까 싶어 그렇게 책을 한 권 만들었다. 시집 분량의 책이 되었다. 그 책을 손님들에게 나누어 주면서 출판 기념회 형식으로 고희 잔치를 하겠다는 계획이었다.

약속된 날이 다가왔고 아침 시간이었다. 아버지는 당신이 행사장에서 무슨 말인가를 해야 할 텐데 무슨 말을 하면 좋겠느냐 물으셨다. 나는 아버지께 우선 고희란 말의 연원에 대해 말씀드렸다. 고희란 말은 역시 중국에서 온 말로 당나라 시인 두보(杜甫)의 시 작품에서 나온 말이다. 두보의 시에 "곡강"(曲江)이란 작품이 있는데 그 시의 첫 구절에 '고희'란 말이 들어 있었던 것이다.

"인생칠십고래희"(人生七十古來稀). '예로부터 사람이 칠십 살 나이를 살기는 드문 일이다.' 이 문장에 들어 있는 '고래희'(古來稀)를 줄여서 사용하는 말이 오늘날 우리가 아는 '고희'(古稀)란 말이다. 그리고 또 알려 드린 말씀은 공자(孔子)의 책 《논어》에 들어 있는 말씀인 "조문도석사가의"(朝聞道夕死可矣)란 말씀이었다. '참된 이치를 깨달았으면 죽어도 여한이 없다'는 내용의 말씀인데 아버지는 그 두 말씀을 기초로 하여 당신의 인사말을 작성하여 그날 행사를 치르셨다.

그다음은 지난 설날 며칠 지난 뒤의 일이었다. 새해가 되기도 해서 고향 집에 계신 아버지를 뵈러 가야겠다고 벼르다가 어느 날 오후 고향 집에 들렀다. 아버지는 모처럼 아들이 왔다고 자리에서 일어나 아들을 맞아 주셨다. 그때 아버지의 말씀이 나를 매우 당혹하게 했고 또 슬프게 했다. "애야, 이렇다가는 내가 백 살을 살겠어야." "아버지, 그게 무슨 말씀이세요. 오래 건강하게 사셔야지요." 아버지는 내 말에는 대답하지 않고 또 엉뚱한 말씀을 내놓으셨다. "내가 너무 오래 살아서 너희들에게 미안하다."

아, 말씀이 이렇게 나가면 안 되는데…. 나는 얼른 그 말씀을 받아 말했다. "아버지, 그런 말씀 마세요. 부모가 오래 살아야 자식이 오래 산대요." 이것은 또 내 말이 아니고 프랑스 소설가 장 폴 사르트르(Jean Paul Sartre)의 말을 빌려 온 것이다. 사르트르는 평소 주변 사람들에게 자신은 오래 살 것이라 말했는데 그

근거가 자기 부모와 조부모가 장수했기 때문이라는 것이다. 그러니 내 말의 의도는 오래 사는 것을 미안스럽게 생각지 마시라는 것이고 부모가 오래 살아 주시면 자식이 그 덕으로 오래 살 수 있다는 것을 암시한 말인 것이다.

나는 그 말과 함께 아버지의 손을 잡고 등을 쓸어 드렸다. 이런 행동은 나에게 매우 서툰 행동이고 드문 행동이다. 그동안 아버지와의 스킨십이 별로 없었던 것이다. 아버지는 다만 가만히 계셨다. 참으로 모처럼 쓸어 보는 아버지의 등이 너무도 야위어 있었다. 손은 또 너무도 차가웠다. 아, 이제 이 어른이 멀지 않았구나. 가슴에 찌르르 전해 오는 느낌이 있었다. 하직 인사를 드리고 방을 나올 때 아버지는 또 습관처럼 한 말씀 하셨다. "가거든 전화해라."

아, 그러고 나서 아버지는 반년을 넘기지 못하고 떠나셨다. 당신이 걱정하신 '백 살 나이'를 채우지 못하고 떠나신 것이다. 아버지의 세상에서의 날은 정확하게 97년 8개월 24일. 2019년 2월 10일, 어머니 먼저 세상 뜨시고 아버지마저 세상 뜨셨으니 이제 나는 분명하게 고애자(孤哀子), 고아가 된 셈이다. 80살 가까운 나이에 부모님 잃었으니 괜찮지 않으냐 말하겠지만 부모 잃은 자식은 마냥 적막하고 허전하고 구슬플 뿐이다. 이제는 세상에 계시지 않은 아버지가 많이 보고 싶고, 그립다.

살고 싶었다

살아날 가망이 전혀 없었다. 내가 봐도 나는 죽어 가는 사람이었다. 양쪽 팔에 주삿바늘이 꽂혀 있고 온갖 의료기가 부착되어 있어 자유롭게 몸을 살필 수는 없지만 환자복 위로 드러난 손등이나 팔목을 보면 얼룩얼룩 짙은 갈색으로 변하고 있었다. 게다가 부분부분 얼룩이 지고 있었다. 내 몸이 썩고 있다는 느낌이 들었다.

응급실을 거쳐 중환자실에 들어온 지 8일째. 하루 24시간 밝은 불이 켜진 병실. 새하얀 벽과 천장. 오로지 혼자서 누워서 견디는 수밖에 없었다. 재깍재깍 초침으로 찌르는 듯한 아픔이 온몸을 휩쓸었고 고열이 또 온몸을 휘감았다. 일분일초도 아프지 않은 순간이 없었다. 그렇지만 한순간도 정신을 놓을 수 없었고 한순간도 잠이 들 수 없었다. 잠이 들면 영영 깨어나지 못할 것만 같아서 그랬다.

오로지 위안이 되고 기다려지는 것은, 하루 두 차례 30분씩 허락되는 면회 시간이었다. 그 시간이면 밖에서 초조하게 기다리던 가족이나 지인들이 순서를 정하여 중환자실로 들어와 나를 보고 갔다. 만나는 사람마다 놀라는 표정이었다. 말없이 바라보기만 하는 사람도 있었고 붙잡고 우는 사람도 있었다.

내가 제일로 기다리는 사람은 아들아이였다. 그 아이는 억센 팔과 손으로 나의 전신을 주물러 주었다. 그러면 조금 통증이 가시는 것 같았다. 그것을 안 아들아이는 다른 사람들의 면회를 줄이고 제가 나를 주물러 주는 시간을 많이 갖기 위해 노력했다. 그런 아들아이가 너무도 고마웠고 아들아이를 만나는 시간만이 유일한 희망이었다.

사로잡힌 짐승처럼 침대에 누워서 내가 할 수 있는 일이란 병실 벽에 걸린 커다란 벽시계를 바라보는 것이었다. 시계의 분침과 시침이 참 느리게도 움직인다는 생각을 하고 또 했다. 시계를 바라보다가 병실 천장을 바라보면 거기에 얼룩얼룩한 풀밭 같은 것이 보이고 이상한 글씨 같은 것들이 어른거리기도 했다. 그런 얘기를 간호사들에게 하면 간호사들은 또 자기들을 귀찮게 한다고 짜증을 냈다.

천장에 어른거리는 풀밭 같은 것이나 이상한 글자 같은 것이 눈에 고인 황달기로 그렇다는 걸 어찌 내가 짐작이나 할 수 있었겠나. 멈추지 않는 고통으로 인해서 어금니를 모은 채 부득부득 이를 갈았다. 그렇게 이라도 갈아야만 고통의 순간을 견딜 수 있을 것만 같아서 그랬을 것이다. 나중에는 갈린 이의 부스러기들이 혓바닥 위에 쌓여서 불편했다. 나는 손가락으로 그걸 긁어서 밖으로 꺼내어 환자복에 닦아야만 했다. (퇴원한 뒤 치과에 갔을 때 의사는 나에게 이가 일자로 나란하게 갈렸다고 말해 주었다.)

여전히 중환자실 간호사들은 나를 방치했다. 어차피 죽을 사람이니 그렇게 놔두는 것이 상책이라고 생각했을지도 모른다. 통증을 호소하고 이것저것 부탁하거나 물어보면 그렇게 귀찮게 굴면 사지를 묶어 놓겠다고 협박했다. 하지만 나는 한순간도 죽고 싶지 않았다. 정말로 살고 싶었다. 기어코 살아서 하고 싶은 일들이 너무도 많았다. 그 가운데서도 가장 해 보고 싶은 일은 교직 43년을 정리하고 물러나는 정년 퇴임이었다.

그렇게 중환자실에서 지내는 8일 동안 밖에서는 나의 장례위원회가 결성되고 장례 준비를 진행했다고 한다. 그렇게 밖에서는 온갖 준비를 하고 있는데 정작 장례위원회의 장본인인 나는 안에서 죽을 준비를 전혀 하지 않고 있었던 것이다. 나중에 들은 이야기지만 그 기간 동안 아내와 청양의 둘째 누이가 나에게 면회 들어와 유언을 물으려 했는데 끝내 묻지 못하고 나가기도 했다고 한다.

결국에는 두 다리가 성하지 못한 아버지까지 두 개의 지팡이에 의지해 나를 면회하시는 지경에 이르렀다. 병실 침대에 누운 채 죽어 가는 몸으로 아버지를 만나는 마음이 참으로 구슬프고 안타까웠다. 살아오면서 죽는 사람을 여러 차례 본 경험이 있는 아버지도 아들의 죽음을 예감하고 계시는 눈치였다.

"애야. 너는 어려서부터 몸은 약했으나 마음은 독한 아이였다. 네 독한 마음으로 이 병실 문을 열고 나오거라. 세상은 아직도 징글징글하게 좋은 곳이란다." 면회를 마치고 나가면서 아버지가 마지막으로 들려주신 말씀이다. 아버지가 병실 밖으로 나간 뒤에도 나는 아버지의 말씀을 잊어버리지 않으려고 몇 번이고 마음속으로 외우고 외웠다.

아무래도 아버지의 말씀 가운데 특별한 문장 하나가 있었다. "세상은 아직도 징글징글하게 좋은 곳이란다"란 표현. 통상 '징글징글'이란 단어는 부정적인 용례로 사용되는 단어다. 그런데 긍정적인 단어인 '좋은'이란 말 앞에 놓이니 그것은 아무래도 어울리지 않는 언어 조합이란 생각이 들었다. 죽어 가는 순간에도 이런 걸 생각했다니 어쩔 수 없이 나는 영혼의 뿌리까지 글쟁이였던가 보다.

어쨌든 살고 싶었다. 그러나 지구 안의 어떤 힘으로도 나를 살릴 수는 없을 것이란 생각이 들었다. 그래도 나는 살고 싶었다. 지구 밖 어딘가 우주 가운데에 있는 신비한 힘이라도 빌려다가 내가 살아나는 사람이 되고 싶었다. 정말로 지구 밖 우주의 힘을 내가 끌어올 수만 있다면 나는 다시 살아나는 사람이 된다고 믿었다. 그렇게 나는 살고 싶었던 것이다.

기도를 안 드릴 수가 없었다. 내가 희미하게 알고 있는 예수님을 향해 기도를 드렸다. 예수님 뒤에 계신 하나님을 향해서도 기도를 드렸다. 평소 나는 농경민인 우리가 왜 유목 민족이요 유대인의 후손인 예수를 나의 구세주로 받아들여야 하느냐는 의문을 가졌던 사람이다. 하지만 상황이 너무나도 급하고 내가 죽어야 하는 마당이니 어쩔 수 없었다. 지푸라기라도 잡는 심정으로 예수님을 찾지 않을 수 없었고 하나님을 부르지 않을 수 없었다.

어차피 인간은 사악하고 변화무쌍한 존재다. 나와 같은 사람은 더욱 사악하고 변화무쌍하며 이쪽저쪽을 살피며 살아온 좌면우고(左眄右顧) 인간이다. 태생이 비천하고 가진 능력이 약하니 어쩔 수 없는 일이었을 것이다. 그런 인간이 예수를 구원의 신으로 받아들이는 데는 결정적인 계기가 필요하다. 어쩌면 믿을 수 없는 것을 믿는 것이 기적이요, 또 믿어지는 자체가 신의 은총인지 모른다. 그 자체가 신의 의지로 되는 일이요 선택에 의한 것이란 말이다. 어쨌든 나는 그런 연유로 예수님에게 한 발자국 가깝게 다가가는 사람이 될 수밖에 없었다.

믿기 어려운 일

사람은 누구나 일생 가운데 참으로 특별한 사건을 맞이할 수 있다. 자신의 지혜나 능력으로는 도저히 해결되지 않는, 까마득히 짐작조차 불가능한 그런 일 말이다. 그런 일이 주변 상황으로도 일어날 수 있고 개인의 정서나 육신으로도 일어날 수 있다. 그런 일을 우리는 보통 '사건'이나 '사고'라고 부른다.

나의 일생을 두고서도 사건 사고가 되는 일이 있었다. 2007년 3월 1일부터 8월 20일까지, 꼬박 5개월 20일간. 그 기간은 나의 일생 가운데 가장 갑작스럽고도 두렵고 힘든 시기였다. 그저 황망하고 두려운 날들이었다. 기억에서 지우고 싶지만 도저히 지워지지도 않는 육신의 깊은 곳에 숨겨진 흉터 같은 날들이었다.

담즙성 범발성 복막염. 게다가 나는 급성 췌장염까지 동반하고 있었다. 나중에 어떤 의사에게서 들은 말이지만 살아남을 수 있는 확률이 10만 분의 1 확률이라고 한다. 실상 이건 확률도 아니다. 그냥 죽어 줘야만 하는 확률이다.

그런데 나는 살아났다. 기적적으로 살아났다. 사람이 기적 안에 머물 때는 그것이 기적인 줄 모른다. 마치 태풍 안에 있을 때 태풍이 태풍인 줄 감지하지 못하는 것과 같다. 태풍은 태풍이 지나가고 바로 그 뒤에야 태풍인 것을 안다. 나무가 뽑히고 전신주가 넘어가고 지붕이 무너진 것을 보고야, 아 태풍이 금방 지나갔구나, 짐작하게 된다.

기적도 마찬가지다. 기적이 지나간 뒤에야 그것이 기적인 줄 알게 된다. 아, 나의 몸을 통해 방금 기적이 지나갔구나, 실감하게 된다. 이것은 참으로 놀라운 일이다. 믿기 어려운 일이다. 그런데 그것이 또 정말로 그런 걸 어쩌랴. 그러기에 사람에게는 때로 그렇게 믿기 어려운 일이 일어난다고 말하는 것이다. 특별한 일이라고 말하는 것이다.

앉아 있을 수도 서 있을 수도 없어 다만 방바닥을 뒹굴고 뒹굴다가 대전의 한 대학병원 응급실로 급히 실려 간 것이 3월 1일의 새벽이다. 하루 동안 응급실에서 맞은 진통제 주사 대금만 100만 원. 몇 가지 시술을 거쳐 중환자실로 직행해서 견딘 날이 8일간. 담당 의사는 3-4일 내로 산소 호흡기를 채울 테니 장례 준비를 하는 것이 좋겠노라, 가족들에게 조언했다 한다.

그런데 끝내 내가 죽지 않은 것이다. 중환자실에 있을 때 몇 차례 고비가 없었던 것은 아니다. 아내에게 전화 걸면 10분 안으로 달려올 수 있는 거리에 있으라 했다고 한다. 어느 순간 보면 아내가 옆자리에 불려 와 있고 아들아이도 와 있을 때도 있었는데 그것이 바로 나의 임종을 보라고 병원 측에서 한 조치였다고 한다. 그러나 나는 그런 고비를 넘기면서도 여전히 숨을 쉬고 있었다.

그런 상황 속에서 내가 줄기차게 요구한 것은 중환자실을 벗어나 일반 병실로 나가고 싶다는 것이었다. 가족하고 함께 있고 싶었다. 그러면 고통이 훨씬 줄어들 것만 같았다. 그런 나의 호소가 받아들여져서 중환자실을 벗어난 것은 8일의 저녁 무렵. 일반 병실 2인실로 실려 왔을 때 나는 두 손을 모아 싹싹 빌면서 아내를 향해 말하고 있었다. "여보, 여보. 무서워. 무서워. 그리고 고마워요." 여기서 무섭다는 건 중환자실이 무섭다는 것이고 고맙다는 것은 일반 병실로 나오게 해 주어서 고맙다는 것이었다.

하지만 여전히 병세는 호전되지 않았다. 고열과 염증으로 24시간 잠을 안 자고 소리를 지르고 몸부림치고 그랬다. 오죽했으면 함께 2인실에 입원해 있던 다른 환자가 병실 밖으로 나가 소파에서 잠을 잤을까.

그렇게 2인실에서 보내던 날, 3월 8일에서 3월 16일 사이에 나에게 생긴 일이다. 결혼해서 서울살이하는 딸아이는 병상을 지키다 서울로 돌아갔고 아내는 또 몸이 힘들어 다른 병실에 입원하고 있을 때였다.

어느새 나의 배 옆구리에는 두 개의 구멍이 뚫리고 거기에 고무호스를 꽂아 복강에 고인 물을 밖으로 빼내고 있었다. 고무 호스는 또 커다란 페트병에 연결되어 있어 페트병에는 검붉은 체액이 고이고 있었다. 여전히 두 팔엔 두 개의 주삿바늘이 꽂혀 있어 나는 도무지 사람 꼴이 아니었다. 여전히 체온은 40도에 육박하고 있었다. 이것도 나중에 들어서 안 일이지만 나는 계속해서 패혈증 앞을 오락가락했다고 한다.

그러니 가족들도 나의 소생을 포기하고 병원 측에서도 환자를 포기했던 것 같다. 다만 의례적으로 주사 처방만 해 주고 있었다. 곁에는 오직 아들아이 하나만 남아 있었다. 모두 포기하고 있었는데 아들아이만 포기하지 못했던 것이다.

그런 날의 어느 깊은 밤이다. 고통과 고열로 몸부림치던 나는 침대에서 내려와 팔에 꽂힌 주삿바늘을 스스로 뽑아 버렸다. 아무래도 이제는 막바지에 이른 것을 나 자신도 알 것 같아서 그랬지 싶다.

아들아이가 우두커니 이런 나를 지켜보고 있었다. 그런 뒤로 나에게는 시간 개념이 사라졌다. 기억도 뒤죽박죽이 되어 버렸다. 천장을 보고 누워 있던 내가 배를 깔고 엎드려 있었다. 그건 나로서는 전혀 가능하지 않은 자세였다. 그냥 놔둬도 배가 아파서 견딜 수 없는데 배를 깔고 엎어져 있다니. 엎드린 배 아래에는 부드러운 물 같은 것이 있는 것 같았다. 그랬다. 나는 물이 철렁한 호수 위에 떠 있었다. 주변은 어둡고 물도 검은빛이었다.

고개를 들어 앞을 보니 둥그런 아치형의 동굴 같은 것이 있었다. 그 안에서는 희미하지만 밝은 빛이 번져 나오고 있었다. 나는 그곳을 향해 헤엄치듯 앞으로 나아가고 있었다. 동굴 주변에 울룩불룩하고 시커먼 것들이 솟아 있었다. 마치 미루나무 숲 같기도 하고 코끼리 무리 같기도 했다. 그것은 참 희한하고 이상한 일이었다. 그렇게도 힘들고 아프던 육신의 고통이 싹 사라져 버린 것이었다.

내 느낌은 그랬다. 고요하다. 평화롭다. 자유롭다. 너무도 그것이 좋았다. 그대로 앞으로 헤엄쳐 희미한 빛이 나오는 동굴로 들어가고 싶었다. 그것은 너무도 당연한 일이었고 좋은 일이었다. 그런데 그때 무슨 소린가 들렸다. "아버지!"

처음 나는 그게 무슨 소린지, 누가 하는 소린지 알지 못했다. "아버지!" 아버지를 부르는 소리가 계속해서 들려왔다. 앞으로 나아가던 나는 잠시 멈춰 서서 그 소리에 귀를 모으고 그 소리에 대해 생각해 보았다.

겨우겨우 아버지가 무슨 말이고 그 아버지를 부르는 주인공이 누군가를 알게 되었다. 그것은 아들아이가 나를 부르는 소리였다. 그러나 나는 다시금 왜 그 아이가 나를 그토록 애타게 부르는지 알지 못했다. 하지만 저렇게 애타게 부르는데 앞으로 나아가지 말고 멈춰 서야 한다고 생각했고 드디어 돌아가야 한다는 결론에 이르렀다. 그것은 오직 아버지를 애타게 부르는 아들아이의 목소리 때문이었다.

그래 돌아가자. 이유는 모르지만 앞으로 나가는 것을 멈추고 돌아가자. 그런데 돌아가긴 누가 어디로 돌아간단 말인가. 어차피 누워 있는 환자다. 그래도 나는 돌아가고 싶었다. 하지만 돌아가기로 마음먹었지만 돌아가기가 쉽지 않았다. 발바닥이 끈끈이에 붙은 듯 부자유했고 발길 또한 무거웠다. 그것은 마치 살아 있는 통나무를 안아서 비트는 일처럼 힘겨웠다.

한 발 한 발 어렵게 돌아왔을 때 침대 곁에 아내가 있었다. 나는 아내를 보면서 노래 하나를 지어서 불렀다. 그것은 박자도 리듬도 생소한 노래였다. "너희들은 모를 거야. 이렇게 좋은 줄 모를 거야." 나중에 아내가 말했다. "그날 당신이 참 이상했어요. 마치 동굴에서 울려 나오는 듯한 목소리로 이상한 노래를 불렀었어요. 그건 처음 듣는 노래였어요. 당신 얼굴 표정이 너무나도 낯설고 무서웠어요. 마치 술에 취했을 때 같았어요."

아들아이는 멀리 보였다. 코에 휴지를 끼고 있었다. 이것도 나중에 들어서 안 일이지만 아들아이는 사흘 밤낮을 내 옆에서 잠 안 자고 지키면서 나를 부르고 또 불렀다고 한다. 양쪽에서 코피가 나오는 바람에 화장지로 콧구멍을 그렇게 막고 다녔다는 것이다. 그러고 보면 나는 아들아이에게 아주 많은 빚을 진 사람인 셈이다.

그런 다음 날이었지 싶다. 멍하니 병실 천장을 올려다보고 누워 있는데 오른쪽 어깨 위에 날카로운 통증이 왔다. 아야, 소리 내어 아픔을 표하지는 않았지만 고개가 자연스럽게 오른쪽으로 돌려졌다. 거기에 손수건 같은 것이 보였다. 삼베옷 빛깔 같은 것이었는데 어깨 오른쪽에서 천장 쪽으로 천천히 움직이고 있었다. 나의 눈길은 그것을 따라 점점 위쪽으로 향했다.

그때, 바로 그때였다. 병실 천장 가운데 부분에 실로 놀라운 변화가 일어났다. 새하얀 천장이 둥그렇게 열리면서 거기에 옥빛이 보이는 것이었다. 그것은 그대로 우물 모양이었다. 왜 그러는 거지? 나는 계속해서 천장을 주시하고 있었다. 그런데 오른쪽 어깨 부분에서부터 올라가기 시작한 삼베옷 빛깔의 손수건이 그 둥근 하늘 샘물로 사라지고 있었다.

그것은 다시 한 번 놀라운 일이었다. 아, 아, 아, 속으로 감탄하면서 바라보고 있을 때 삼베옷 빛깔의 손수건은 천장의 하늘 우물 속으로 완전히 사라져 없어졌다. 그뿐 아니라 손수건이 사라지자 천장의 둥그런 모양의 하늘 우물의 빛깔은 점점 옅어지고 있었다. 그러다가 끝내는 하늘 우물이 완전히 사라졌고 병실 천장은 다시금 새하얀 빛으로 돌아왔다.

이것은 도대체 무슨 일이란 말인가. 무엇을 예고하는 일인가. 나는 한동안 누운 채로 조금 전에 내 눈앞에 나타났다가 사라진 풍경들에 대해서 생각해 보았다. 아무래도 그것은 믿기지 않는 일이었다. 나에게도 믿기지 않는 일인데 다른 사람이 어찌 내 말을 믿을 수 있을까 보냐. 나는 내가 보고 겪은 일에 대해서 아무에게도 말해 주지 않기로 했다.

하지만 마음속은 기쁨으로 가득 차올랐다. 아, 실로 나는 놀라운 광경을 보았다. 도대체 조금 전에 본 것들은 무엇이란 말인가. 그냥 그것은 헛것이란 말인가.

그런 다음 날 회진 와서 나를 둘러본 담당 의사가 말했다. "오늘 검사 자료에 의하면 상처 부분이 나아 가고 있습니다. 이제 선생님은 옛날 모습으로 돌아갈 수 있게 되었습니다."

어제까지만 해도 '환자님'으로 불리던 나의 호칭이 '선생님'으로 바뀌어 있었다. 담당 의사가 내가 당시 초등학교 현직 교장임을 아는 결과였다. 하지만 나는 그것이 어제 나 혼자만 보았던 손수건과 병실 천장 한가운데 생겼다 사라진 둥근 옥빛 우물의 비밀이 알려 주는 대답이라고 생각했다. 그날은 용케도 나의 양력 생일인 3월 16일이었다. 이렇게 말하면 더욱 믿을 수 없는 일이라 생각할 것이다.

어떤
문학 강연

사람이 일생을 살다 보면 참으로 특별한 일을 겪기도 하고 황망한 경우를 당할 때도 있다. 이번에 캐나다 에드먼턴 교포 문인들의 문학 단체인 얼음꽃문학회 초청으로 이루어진 문학 강연이 그러했다.

애당초 몇 시간의 문학 강연을 위해 캐나다까지 가야 한다는 데에 마음이 선뜻 내키지 않았지만, 그쪽에서 사람이 두 차례나 찾아왔고 또 요구하는 마음이 하도 간절하고도 아름답기에 나선 길이었다.

에드먼턴까지는 한국 여행사 직항이 없어 일단 밴쿠버로 가서 캐나다 국내선으로 갈아타고 가는 노선이었다. 아내와 함께 와 달라 했지만 내 능력으로는 감당하기 어려워 도움을 받기 위해 풀꽃문학관 한동일 팀장을 안내자 삼아 동행했다.

어렵게 비행기를 타고 에드먼턴 공항까지 가서 마중 나온 문학회 회원들을 만나고 2박 3일 현지 여행을 다녀와 그곳 시간으로 금요일 저녁 시간이 첫 번째 문학 강연 시간이었다. 대상은 문학회 회원들과 문학 애호가들.

그런데, 정말로 그 시간이 나에게는 감내하기 어려웠다. 문학 강연이야 평소처럼 원고 없이 현장에서 청중을 보면서 떠오르는 생각이나 이야기를 하면 되는 일이다. 그런데 하필이면 그 시간이 고국에서 아버지 장례를 지내는 시간이었다.

강연 시간은 현지의 시간으로 따져 5월 24일 오후 6시. 한국 시간으로는 그 시간은 5월 25일 오전 10시. 딱 아버지 발인이 있는 시간이었다. 그런 생각을 하니 강연을 시작하기 전부터 마음이 흔들리고 심히 불안해졌다.

시간은 부득부득 다가오고 청중은 몰려오고…. 다시 한 번 "집에서 새는 바가지 나가서도 샌다"는 말을 떠올리며 자신을 위로했다. 그냥 평소처럼, 되는 대로 하는 거다. 마음을 다잡아 먹고 연단에 올라갔다.

인사말을 나누고, 여기까지 찾아온 경위를 밝히고, 지금까지 시를 써 오며 산 인생을 말하고, 세상살이에 대한 내 나름의 소회를 밝히고, 그러다가 나는 이 시간은 고국에 계신 아버지가 소천하시어 발인하는 시간이고 또 하관하는 시간이라는 사실을 밝히고 청중석이 잠시 술렁거렸고 나도 마음이 흔들렸다.

하지만 강연을 멈출 수는 없는 일. 정말로 나는 평소에 하던 대로 이런 얘기 저런 얘기를 순서 없이 하면서 강연 시간을 메꾸었다. 마치는 시간에 핸드폰을 꺼내어 아버지를 생각하며 썼던 시 한 편을 읽어 주기도 했다.

　　우리 인연은 여기까지예요/ 아무리 먼 여행길이라도 끝이 있고/ 아무리 아름다운 봄날이라도 끝이 있듯이/ 우리 만남은 여기까지예요/ 잘 가요 잘 있어요 손을 흔들며/ 사랑했어요 좋았어요/ 우리의 사랑 우리의 기쁨/ 꽃이 되어 새가 되어/ 우리를 따를 거예요/ 우리의 슬픔 우리의 애달픔/ 달빛 되어 별빛 되어/ 우리 앞길 비출 거예요/ 잘 가요 잘 있어요 손을 흔들며/ 우리 만남은 여기까지예요.

　　아직은 제목조차 붙이지 않은 조각 글이다. "이별"이라고 제목을 붙일까 생각한다는 말도 했다. 그야말로 허둥지둥 강연을 마치며 생각해 보았다. 이런 나를 아버지는 어떻게 생각하실까? 그런대로 잘했다 하실까. 아니면 섭섭해하시며 나무라실까. 아무리 바꾸어 생각해 보아도 아버지 마지막 가시는 길에 씻을 수 없는 불효를 저지른 것은 분명한 일이다.

안녕히 가시어요, 아버지
- 아버지 영전에 -

아버지. 아버지. 이제 이승에서는 마지막 불러 보는 아버지 이름입니다. 그런데 저는 아버지 마지막 가시는 길도 배웅해 드리지 못하고 멀리 낯선 땅에 있네요. 이 불충과 불효와 불민을 어찌하면 좋을까요? 아버지, 아버지, 부디 용서해 주시어요.

이곳 캐나다로 문학 강연하러 오기 전날 아버지 뵈러 병원을 갔었지요. 그때 저는 아버지가 마지막 순간을 견디며 힘들어하신다는 걸 알았습니다. 둘째가 아버지를 깨워 제가 온 것을 알리려 할 때 둘째를 제가 말렸지요. 지금 아버지가 마지막 시간을 힘들게 버티고 계신 거라고.

그때라도 강연 여행을 취소했어야 했는데 세상과의 약속을 어기지 못해 불안한 마음 하나로 이곳 캐나다로 와 두 번 밤을 보내고 아침 시간 아버지 소천 소식을 들었습니다. 이러지도 저러지도 못하는 마음이었습니다.

그러나 다행히도 형제와 누이들, 아버지 손자들이 정신 차려 저 대신 상가를 잘 지키고 찾아오는 손님을 정중히 모셨다고 들었습니다. 제가 할 일을 그들이 했으니 아버지 그들을 칭찬해 주시고 마지막까지 축복해 주세요.

아버지, 아버지, 아버지의 생애를 돌아보면 끝없는 가난과 병고와 온갖 고통으로 이어진 길 98년이었습니다. 그 98년 동안 저는 아버지의 첫 자식으로서 79년을 동행하며 살았습니다. 아버지에게 첫 자식이었기에 기대도 많았고 바라시는 바도 많았지만, 언제나 저는 아버지 앞에 부족하고 모자란 아이였을 뿐입니다. 아버지 눈에 들도록 살고도 싶었지만 제 뜻대로 살고도 싶었습니다. 아버지 반대 방향으로 가기도 했지만 결국은 아버지가 이미 가신 길을 되짚어 가는 길이기도 했습니다.

아버지, 아버지, 유독 당신의 자식 가운데 가장 많이 기대했음에도 그 기대 다 이루어 드리지 못해 죄송합니다. 잘못했어요. 아버지. 이 못난 아들을 용서해 주시어요. 아버지 앞에 생전 처음 고집 세고 제멋대로 산 아들, 용서를 빕니다.

아버지, 저는 알아요. 아버지가 제일로 사랑한 자식이 저였다는 것을. 아버지, 아버지도 아셨으면 싶어요. 아버지는 저에게 삶의 길이었고 이정표였으며 언제나 든든한 후원자요 동행자였다는 것을. 그리고 제가 아버지를 많이 좋아했다는 것을.

이제 제가 백의 말을 하고 천의 말을 해도 덮을 수 없는 불효는 덮을 수 없는 불효입니다. 하지만 아버지는 또 언제나 그러셨던 것처럼 섭섭하고 불만인 대로 저의 잘못과 실수를 눈감아 주실 것을 압니다.

평생을 빚과 가난과 병고와 고통으로 사신 아버지. 마지막 가시는 길은 제가 기필코 가난하지 않게 초라하지 않게 보내 드리고 싶었는데 그러지 못해 죄송합니다. 잘못했어요, 아버지. 그래도 아버지의 자식들 있고 조카들 있고 손자들 있으니 너무 섭섭하게 생각지 마시고 가시어요. 가서는 먼저 가신 어머니도 만나시고 할머니도 만나시고 당신 열 살 때 헤어진 할아버지도 만나셔요.

평생을 춥지 않게 살고 싶었고 배고프지 않게 살고 싶었고 아프지 않게 살고 싶었고 가난하게 살고 싶지 않았던 아버지. 그곳에 가시어서는 부디 춥지 않게 배고프지 않게 아프지 않게 사시어요.

아버지, 아버지, 이것이 이승에서의 아버지와의 마지막 인사입니다. 아버지. 당신이 저희들 아버지여서 감사했습니다. 세상에 오시어 저희들 아버지 노릇 하시느라 애쓰셨습니다. 이제 아버지 그 이름 내려놓고 편히 쉬시어요. 안녕히 가시어요. 사랑했습니다, 아버지. 처음으로 고백하며 바다 멀리 낯선 땅에서 두 번 절하며 인사를 올립니다. 아버지, 사랑했습니다. 당신의 사랑과 노고와 염려 잊지 않겠습니다. 부디, 부디 안녕히 가시어요. 2024년 5월 25일, 불효 아들 태주 올림.

네 아버지의 집을
떠나라

"여호와께서 아브람에게 이르시되 너는 너의 고향과 친척과 아버지의 집을 떠나 내가 네게 보여 줄 땅으로 가라."

이것은 성경의 창세기 12장 1절의 말씀(개역개정)이다. 왜 뜬금없이 성경을 말하고 창세기 말씀을 꺼내는가. 실은 이건 내가 고향 땅 서천을 떠나 공주로 자리를 옮겨 살게 된 것을 설명하기 위한 변명거리로 그러는 것이다.

1979년 3월 1일자 공주교육대학교 부설초등학교 교사로 발령받고 고향 서천을 떠나 공주로 이사 온 뒤 오늘날까지 나는 공주에 머물러 살고 있다. 2024년을 기준으로 45년째. 이제는 공주가 더 이상 바꿀 수 없는 제2의 고향이 되어 버렸다.

청소년 시절 이래 나의 꿈이 무엇이냐 설명할 때 나는 자주 첫째가 시인이 되는 것이고, 둘째가 예쁜 여자와 결혼하는 것이고, 셋째가 공주 사람으로 사는 것이라고 말한다. 하지만 돌이켜 보면 첫 번째와 두 번째는 확실하지만 세 번째는 확실하지는 않았던 것 같다. 흐릿한 상태로 숨어 있다가 조금씩 선명해졌고 공주에 와 살면서 더욱 굳어지지 않았나 싶다.

15세부터 17세까지 공주에서 고등학교 다닌 것은 맞다. 그 뒤로도 기회 있을 때마다 공주를 오가면서 공주와 정을 들인 것도 맞다. 하지만 고등학교 졸업하고 교사 발령을 받은 지역이 경기도 쪽이었고 거기서 2년 반 교직 생활 하다가 입대하여 3년 지내고 다시 복직하여 2년 경기도에서 지내다 연애에 실패하여 고향으로 돌아온 것이 1970년이고 신춘문예 당선으로 시인 된 것이 1971년이고 공주로 옮긴 것은 1979년의 일이다. 고향 서천의 초등학교에서 교사로 근무한 것은 고작 7년 6개월.

내가 고향 서천을 떠나 어딘가 딴 고장으로 삶의 터전을 옮겨야지 생각하게 된 것은 1973년 결혼하고부터의 일이다. 그 뒤 4년 만에 어렵게 아들아이가 태어난 뒤 아무래도 서천을 벗어나야겠다는 생각을 더 하게 되었다. 진작부터 서천 지역에 어울릴 만한 문인이 많지 않고 문화 시설이 부족한 것이 마음에 걸렸는데 아이가 태어난 뒤로는 교육 문제를 또 생각하지 않을 수 없었다.

공주는 이미 나에게 익숙한 도시이긴 하지만 교육 기관이 많은 곳이다. 문화를 봐서든 교육을 봐서든 공주로 가야 하지 않을까 싶은 생각이 들었다. 또 한 가지 1971년 시단에 등단한 뒤 창작 시집을 두 권이나 냈으니 이제는 교직 성장에도 힘을 쏟아야 할 때가 아닌가 싶었다. 그런 조건으로 공주만큼 좋은 도시가 없었다.

객지 생활을 제법 한 뒤에 돌아와 살던 고향 서천은 나하고는 너무나 취향이 맞지 않는 고장이었다. 무엇보다도 보수적이고 전통 지향 일색인 시골 사람들의 사고방식이나 생활 태도가 싫었다.

고향 학교에서 근무하던 시절의 이야기다. 신학기 담임을 맡고 나서 마을로 가정 방문을 나가면 대뜸 학부모가 어디 사는 누구냐 묻고 누구 아들이냐 묻는다. 막동리에 살고 있고 아버지가 누구라고 이름을 말하면 대뜸 학부모의 말씨가 바뀐다. "아, 그래. 그렇다면 이제부터는 '자네'라고 부르겠네." 우리 아버지를 잘 알고 또 호형호제하는 사이인데 자기가 우리 아버지보다 나이가 많다는 이유에서다.

과감한 변화, 탈출이 필요했다. 방법은 오직 고향 서천을 떠나 다른 고장으로 옮겨 가 사는 것뿐이었다. 처음엔 대전 성모초등학교로 옮겨 갈까도 생각했지만 그 학교가 사립이고 미션스쿨이라는 것도 부담스러워 공주 쪽으로 방향을 바꾼 것이다. 아버지는 찬성이지만 어머니와 아내가 반대였다. 내 성질에 그런 학교를 견딜 수 있겠느냐는 까닭에서다.

34세의 나이에 둘째 아이를 잉태한 아내와 두 살짜리 아들 아이와 조그만 트럭에 비키니 장롱을 싣고 바람에 휘날리며 찾아온 공주. 내가 공주로 이사 와 살게 된 것은 오늘에 이르러 매우 탁월한 선택이었다고 여겨진다. 성경의 이야기를 들먹이지 않아도 사람은 그가 태어나고 자란 고장을 한 번쯤은 벗어나 살 필요가 있다. 자기 소망이나 조건에 맞는 고장을 찾아 보는 것이다. 고향은 나의 땅이 아니고 부모의 땅이다. 나는 나에게 맞는 땅을 찾아야 한다.

사람은 또 육체적으로만 이유(離乳)를 하는 것이 아니라 정신적으로도 이유를 할 필요가 있다. 정신적인 젖떼기 말이다. 내가 공주로 이사 온 것은 정신적인 이유인 셈이요, 나에게 맞는 땅을 찾아낸 결과라 할 것이다. 오늘날 나의 인생, 나의 문학은 거의 내가 공주에 와서 살았기 때문에 가능해진 결과물들이다.

그러고 보면 내가 비록 성경을 알지 못했으면서도 창세기의 교훈을 실천했다는 얘기가 된다. "너는 너의 고향과 친척과 아버지의 집을 떠나 내가 네게 보여 줄 땅으로 가라." 그것은 구습과 나태와 안일로부터 벗어나라는 강력한 충고 말씀이다. 고인 물은 썩고 바람 없는 곳엔 곰팡이가 생기기 마련이듯 인생살이 또한 그러한 것이리라.

하나님은 내가 당신을 알기 이전부터 나를 알고 계신 분이고 내가 당신을 선택하기 이전부터 나를 선택하신 분이다. 이야말로 넘치는 하나님의 은혜가 아닌가!

"살고 싶었다. 지구 밖 어딘가 우주 가운데에 있는
신비한 힘이라도 빌려다가 내가 살아나는 사람이 되고
싶었다. 정말로 지구 밖 우주의 힘을 내가 끌어올 수만
있다면 나는 다시 살아나는 사람이 된다고 믿었다."

2부

마음을
맡아 줄 사람

마 음 을
맡아 줄   사람

나는 참 마음이 굳지 못한 사람이다. 약한 사람이고 외로움을 잘 타는 사람이다. 자주, 많이 흔들리는 사람이다. 물 위에 뜬 배라고나 그럴까. 그래서 내 마음을 맡아 줄 사람이 필요했다. 그렇지 않으면 어디론가 떠나가 버릴 것만 같아서.

주변에 누군가 믿고 따르고 의지하고 매달리고 부탁하고 그럴 사람이 있어야 했다. 그냥 내 편이 있어야 했다. 친구 가운데서도 그랬고 가족 가운데서도 그랬다. 그래야만 마음이 놓였다. 어려서는 무조건 외할머니가 그런 사람이 되어 주었고, 막동리 살 때는 어머니가 그 역할을 맡아 주었고, 결혼하고 나서는 아내 김성예가 그 자리를 지켜 주었다.

돌이켜 보면, 교직 생활 가운데도 그랬지 싶다. 동료 직원에게 내 마음을 맡기기도 했으며 심지어 학급 담임을 할 때도 내가 가르치는 아이들 가운데 유독 내 마음이 가서 머무는 아이가 있었다. 그 아이에게 내 마음을 맡긴 채 흔들리는 마음을 달래며 살았다. 하루하루 고달픈 날들을 버텼다. 나를 지탱하기 위한 나름 안쓰러운 방책이었다.

분명 그들도 나의 마음이나 의도를 짐작으로 알았을 것이다. 나의 눈빛이, 나의 말씨나 태도가 그것을 충분히 설명하고 암시했을 테니까 말이다.

돌이켜 보면 나의 마음을 맡아 준 사람들에게 고마운 마음을 가진다. 아니, 미안한 마음을 가진다. 나는 누구에겐가 자주, 오래 그렇게 짐작으로 살아온 사람이다. 새삼 고맙고 미안하다. 지금은 과거의 기억 속으로 잊혀진, 누구누구였던가, 이름도 가물가물한 사람들.

외할머니

사람은 누구나 그 유년의 삶이 중요하다. 어떤 환경에서 누구와 어떻게 살았느냐가 그 사람의 생애 전반을 지배하는 요인이 된다. 더구나 예술인에게 유년의 경험은 크게 작용한다. 유년의 경험이 그가 생산하는 예술 작품의 기조를 이루기 때문이다. 그것은 내 경우도 마찬가지다.

어려운 시기에 태어나 어렵게 성장하고 어렵게 어른이 됐다. 1945년 해방둥이. 5년 만에 일어난 한국 전쟁. 청소년기에 맞은 4·19와 5·16. 그리고 월남 전쟁의 파병까지. 나약하기 이를 데 없는 인간이었으나 그런대로 잘 버텨 온 일이 스스로 신기하기까지 하다.

애당초 태어나기를 튼실하지 못했다. 키가 작았고 몸집이 작았다. 늘 잔병을 몸에 달고 살았다. 궁핍하고 힘겨운 시절, 자칫하면 꺼져 버릴 뻔한 촛불이었다. 그런대로 잘 견디고 잘 살아남은 것은 누군가의 보살핌이 있었음이다. 아버지 어머니의 보살핌도 있었지만 나의 유년을 지켜 준 어른은 다름 아닌 외할머니다.

세 살부터 열두 살까지 9년 동안 외할머니 품에서 자랐다. 물론 어머니 등에도 업혔겠지만 나의 기억에는 외할머니의 등이 유일하다. 외할머니의 등은 넓고도 푸근했다. 그 등에 업혀서 자장가를 들었고 콧노래를 들었고 옛이야기를 들었다. 물론 밤하늘의 별들을 우러렀을 것이요 저녁마다 대숲에 깃들여 재재거리는 참새 떼의 지절거림을 들었을 것이다.

젖꼭지라 해도 나에게는 외할머니의 젖꼭지가 역시 유일한 젖꼭지다. 외할머니의 젖꼭지는 컸다. 그 빈 젖꼭지를 물고 세 살 때부터 칭얼거리다가 잠들곤 했다. 나에게 대한 외할머니의 사랑은 조건이 없는 사랑이었다. 무엇이든지 내가 우선이었고 당신은 차선이었다. 먹는 것도 그랬고 잠을 자는 것도 그랬다.

끼니조차 힘든 집이었지만 외할머니는 절대로 나를 굶기지 않으셨고 험한 음식을 먹이지 않으셨다. 추운 겨울밤 잠자리에 들 때도 당신이 먼저 이불 속으로 들어가 몸으로 덥혀 놓은 자리에 내가 들어가 잠들게 해 주셨다. 비록 궁핍하고 외롭고 힘들게 자랐지만 유년의 기억이 어둡지 않은 것은 오로지 외할머니의 바람막이 덕분이다.

외할머니는 참으로 외롭고도 슬프게 한세상을 살다가 가신 분이다. 당신의 어린 나이 열여섯에 우리 어머니인 딸 하나를 낳아 길러 시집보내고, 뒤이어 남편마저 병으로 잃은 다음 세상천지에 혈혈단신 당신 혼자가 되신 것이었다. 그런 차제에 세 살짜리 외손자인 나를 받아서 길러 주신 것이다.

그렇게 초등학교 졸업할 때까지 외갓집에서 자라다가 일단 나는 부모님이 계신 친가로 옮겨 가서 잠시 중학교 시절을 보냈지만 외할머니는 그 뒤에도 기회만 되면 나와 함께 사셨다. 아니, 내가 있는 곳으로 와서 비틀거리며 사는 외손자를 지켜 주셨다. 그런 입장에서 외할머니의 일생은 외손자인 나를 지키며 살아온 일생이라고 해도 과언이 아닐 정도였다.

우선 1960년 고등학교 시절 1년을 공주에 와서 밥을 해 주셨고, 1965년 경기도 연천의 군남초등학교에서 6학년 담임할 때도 1년 동안 그 먼 곳까지 와서 밥을 해 주셨으며, 또 1969년 군대에서 돌아와 복직한 후 한 여성에게 실연을 당하고 고향 학교로 내려왔을 때에도 1년 동안 함께 살며 밥을 해 주시었다.

오늘에 와서 생각해 볼 때 외할머니에 대해서는 송구스러운 마음뿐이다. 당신이 나를 위해 희생해 주신 일만 있었지 내 편에서 당신을 위해 해 드린 일이 도무지 없었기 때문이다. 당신이 가진 것 가운데 무엇이든 귀하고 좋은 것은 아낌없이 나를 위해 주셨다. 하지만 그런 가운데도 한 차례 나의 청을 거절하신 일이 있다.

공주에서 사범학교를 졸업하고 집에서 1년 동안 쉴 때의 일이다. 나도 다른 아이들처럼 대학교에 들어가 공부를 계속하고 싶었다. 고등학교 다니는 동안 시인이 되겠다는 꿈을 가졌으니 서울로 가 서라벌예술대학 같은 데를 다니고 싶었다. 생각 끝에 외할머니에게 말했다. 외할머니 가지고 계신 논 너 마지기를 팔아서 달라고.

아. 그것은 얼마나 무모하고도 끔찍하고 가당찮은 청이었던가! 그 논 너 마지기야말로 외할아버지가 남긴 유일한 재산이며 외할머니로서는 마지막 삶의 젖줄과 같은 땅인데 그걸 내 욕심에 눈이 어두워 팔아 달라 우겼으니 오늘에 와서도 한없이 부끄러운 일이 아닐 수 없겠다.

그때에도 외할머니는 조용히 말씀하셨다. "얘야, 외갓집 재산이나 처갓집 재산 가지고 잘되는 사람 내가 이적지 보지 못했다." 그것은 우회적인 표현이긴 하지만 외할머니로서는 강한 거부의 말씀이었다. 사람은 그렇게 어느 순간 누구에겐가 악마가 되는 때가 있다. 소름 끼치도록 부끄럽고 두려운 일이 아닐 수 없겠다.

그러나 그 뒤에도 외할머니는 나에 대한 당신의 지지와 사랑을 거두지 않으셨다. 내가 어른이 되어 결혼하기 전까지 나를 서슴없이 '울애기'라고 부르셨다. 당신에겐 여러 명의 손주가 있음에도 불구하고 손자라고 하면 오직 나 하나를 두고 하는 말이다. 나에게도 역시 모성은 어머니가 아니고 외할머니였다.

그런 점에서 나는 또 어머니에게 송구스런 마음을 갖는다. 실상 두 분은 나를 사이에 두고 묘한 감정이 있었음이 분명하다.

외할머니가 나의 인생에 끼친 영향은 지대하다. 외할머니는 비록 당신의 삶이 가난하고 고달팠지만 결코 소망을 버리지 않으셨으며 함부로 불평하지 않으셨으며 세상 모든 일에 긍정적이셨다. 낙천적이기까지 하셨다. 내가 만약 고달픈 인생길에도 긍정적인 사고를 갖고 늘 미래에 대한 소망을 잃지 않고 살아왔다면 외할머니가 당신의 삶으로 직접 보여 준 교훈 탓이다. 그런 점에서 외할머니는 나의 가장 좋았던, 첫 번째 스승이었다 할 것이다.

그 해
1월의 기억

나의 외할머니가 세상을 뜨신 것은 1981년 12월 25일, 바로 예수님 태어나신 크리스마스 날이었다. 하지만 나는 그 소식을 듣고서도 곧장 고향으로 갈 수 없었다. 바로 전문 과정의 방송통신대학교 졸업 시험이 있는 날이 그날이었기 때문이다.

고향에서 살며 고향 학교에서 근무할 때는 그냥 내 좋은 시나 쓰면서 일생을 살자 그랬는데, 1979년 고향을 떠나 공주로 이사하고 공주교육대학교 부설초등학교 교사로 근무하면서 생각이 달라지고 말았다.

교직 성장을 하거나 교직 사회에서 그런대로 행세하는 사람이 되기 위해서는 고등학교 마침인 사범학교 졸업의 학력으로는 안 되겠다 싶었던 것이다. 교직 성장에 필수적인 것이 학력이라는 걸 알게 되어 뒤늦게 방송통신대학교에 입학, 공부를 하던 시절이었다.

울면서, 속으로 울먹이면서 2년제 초급 과정 방송통신대학교 졸업 시험을 마치고 이튿날 부랴부랴 외갓집을 찾았다. 평생을 선하게 사시며 이웃들에게 덕을 베풀며 사신 분이라 상가에는 동네분들이 많이 와 있었다.

마지막 인사라도 드리러 가셨던 길인가. 외할머니는 외할아버지 산소가 있는 박절매산에 갔다가 돌아오는 길, 개울의 둑길 위에 쓰러지신 걸 집으로 옮겼으나 깨어나지 못하고 돌아가셨다고 한다. 향년 71세였다.

눈을 감고 누워 계신 외할머니의 표정은 매우 편안하고 그윽했다. 평소에 뵙던 것보다 얼굴이 고우셨다. 외할아버지를 만나서 그러신 것일까. 나는 속으로 울면서 "하늘 가는 밝은 길이"란 찬송가(새찬송가 493장)를 작은 목소리로 불러 드렸다.

그다음 날은 외할머니 출상일. 새로 마련한 산소에 이미 오래전에 돌아가신 외할아버지의 무덤을 이장하여 합장으로 모셨다. 외할아버지 돌아가신 것이 1948년이니까 33년 만에 두 분이 만나는 자리였다.

하지만 나는 외할머니 시신이 무덤 속으로 내려가는 하관 의식조차 보지 못했다. 풍수를 보아 주는 지관의 주문에 따라 을유생은 피하는 게 좋다는데 내가 바로 을유생이었기 때문이다.

한겨울인데도 날씨는 포근했고 장례 의식은 아버지와 어머니 주관으로 순조롭게 마쳤다. 그렇게 외할머니 장례를 모시고 나는 다시 공주로 돌아왔지만 자꾸만 외할머니 생각이 났다.

외할머니와 살던 집, 꼬작집 생각도 났다.

그로부터 며칠이 지난 어느 날, 나는 드디어 시외버스를 타고 외가 마을을 찾았고 외갓집을 찾았다. 내가 초등학교 다닐 때 외할머니와 단둘이서 살던 집이다. 외할머니 살다 떠나신 집은 이미 폐가 수준이었다. 다만 눈이 내려 지붕이며 마당을 하얗게 덮고 있어 보기 좋았다. 마당에서 서성이기도 하고 방안을 기웃거리기도 하면서 들고 간 카메라에 그 풍경들을 담았다. 봄이 오면 그 집을 헌다는 말을 들었기에 더욱 섭섭하고 안타까운 심정이었다.

그렇게 외갓집을 살피고 다시금 들길을 걸어서 막동리 집으로 향하는 길이었다. 그 시절만 해도 자동차 문화가 그다지 발달하지 않던 때라 웬만한 시골길은 걸어서 다녔다. 사실 시초면 초현리 꿕뜸마을 외갓집에서 기산면 막동리 집 너머 마을, 친가를 오가는 길은 어머니와 아버지가 수없이 걸어 다닌 길이고 나 또한 어려서부터 수없이 오가던 길이고 우리 형제들도 반복적으로 오갔던 길이다.

한참 동안 그렇게 들길을 걸어가고 있을 때, 같은 방향으로 가는 한 사람 동행을 만났다. 나보다 조금 나이가 들어 보이는 남자분이었다. "어디로 가시는 길인가요?" "어디서 사시는 분인가?" 예전에는 시골길에서 만나는 낯선 사람들끼리도 정답게 말문을 트던 시절이 있었다.

한동안 길을 가면서 나는 그분이 외갓집 마을의 교회 목사님이란 걸 알았다. 물론 나도 돌아가신 외할머니가 그립고 외갓집이 그리워 다녀가는 길이라는 걸 밝혔다. 그때 목사님의 입에서 놀라운 말이 나왔다.

　"제가 선생님의 외할머니를 압니다." "어떻게 아시나요?" "그분이 돌아가시기 전 몇 달 동안 우리 교회에 출석하셨어요." 그것은 참으로 놀라운 소식이었다. 어찌 그것을 겨울 눈 덮인 들길을 가는 낯선 남자분에게서 전해 듣는단 말인가!

　"외할머니는 천국에 가셨을까요?" "그럼요. 예수님은 당신을 인정하고 당신을 믿는 사람은 누구나 천국에 갈 수 있다고 말씀하셨거든요. 심지어 십자가 위에서 만난 도둑도 회개하고 예수님을 받아들이는 순간 천국에 갈 수 있었으니까요."

　생각해 보면 엊그제같이 생생한 기억이다. 평생을 오로지 선한 마음으로 살다 간 외할머니시니 천국에 간 것은 분명한 일일 테지만 더구나 돌아가시기 전 교회에 몇 달 나가기도 하셨다니 더욱 분명한 일일 것이다.

　그래. 그래. 외할머니는 분명 천국에 가셨을 거야. 외할머니 같은 분이 천국에 가지 않는다면 누가 천국에 간단 말인가! 그것은 1982년 1월의 일. 오늘 2024년 1월 4일로 쳐서 어느덧 42년 전의 일이다. 아, 내가 이렇게 오래 세상에 남아 살아온 사람이구나!

아내 김성예

가끔 나는 나의 일생을 두고 나에게 가장 중요한 역할을 해 준 두 사람의 여성이 있었다는 말을 하곤 한다. 오로지 나를 살피고 나를 도와주고 나를 살려 준 두 사람의 여성. 나를 지켜 준 여성. 한 사람은 외할머니이고 다른 한 사람은 우리 집사람, 아내 김성예다. 외할머니가 나의 인생 전반부 20대 중반까지를 지켜 주었다면 아내 김성예는 그 이후를 지켜 준 사람이라 하겠다.

외할머니의 이야기를 했으니 이제 아내 김성예의 이야기를 해 봤으면 한다. 내가 아내를 만난 것은 1973년도의 일. 한동안 많이 비틀거렸으나 1971년 서울신문 신춘문예에 시가 당선되고 1973년 봄에 첫 시집 《대숲 아래서》(예문관, 1973)를 출간하고 교사로서나 시인으로서나 조금은 정신 차려 맑게 살았으면 하고 자신을 다잡으며 살 때의 일이다.

고향 학교에서 근무하고 있었다. 6학년 담임을 맡고 있었을 것이다. 어느 날 아침 학교로 출근하고 있었다. 그 시절만 해도 시골 마을에 아이들이 많았다. 왁자지껄 아이들과 섞여 학교로 가고 있었다. 마을 앞 다리목에서였을까. 아이들 사이에 끼어서 길을 가던 한 아주머니가 나에게 말을 걸어왔다.

"선생, 아직도 장가 안 갔슈?" 아슴아슴 이웃 동네 아주머니 같은데 댓바람에 그렇게 말해 조금은 머쓱했지만 그날은 어쩐 일인지 신경질을 부리지 않고 핀잔도 하지 않고 곱게 말을 받았다. "예, 아직 안 갔는데요." 그러고서 학교에 출근하여 아이들 수업 시간이었다. 밖에서 유리창 두드리는 소리가 났다. 누굴까?

복도로 나가 현관문을 열고 보니 마당에 아침나절 만났던 이웃 동네 그 아주머니, 사람들이 '떠버리'라고 부르는 바로 그 아주머니가 서 있었다. 그런데 옆에 또 한 사람 낯선 아주머니가 있었다. 그 아주머니는 키가 큰 분인데 나를 위아래로 훑어보더니 첫말이 "좀 작네"였다. 그건 내 키가 작다는 얘긴데 그날은 어쩐 일인지 그런 말에도 화를 내지 않았다.

"내가 총각 선생 중매 서려고 이렇게 왔슈. 지금 이 아주머니가 다른 동네로 중매하러 가는 길인데 내가 거기로 가기 전에 이쪽부터 보자고 그래서 데리구 왔시우." "아, 그러세요? 그럼 우리 집에 좀 가 보시지요. 집에 우리 어머니가 계시니까 어머니께 말씀하시지요." 알고 보니, 우리 옆 동네 떠버리 아주머니가 가까운 곳 5일장을 찾아가는 길에 한 여자분을 만나 이야기를 나누다가 가던 발길을 돌려 나한테로 왔다는 거였다. 그 여자분이 바로 다른 동네 총각 선생네 집으로 중매를 서러 가는 길이었는데 우리 옆 동네 떠버리 아주머니 말을 듣고 함께 온 것이라 했다. 그쪽 총각 선생 보기 전에 이쪽 총각 선생 먼저 보자고 강하게 권했다는 것이다.

예전에는 그런 전설 같은 일이 가끔 주변에서 일어나곤 했다. 결국은 그래서 아내와 나는 결혼하기에 이르렀다. 시골길을 가던 두 여자분이 서로 이야기하다가 생겨난 일이었다. 우리는 그 뒤로 몇 차례 만나고 고속으로 약혼식을 올리고 그해 10월 21일, 장항읍 미라미예식장에서 박목월 선생의 주례로 결혼식을 올렸다.

그 뒤로 우리 두 사람은 50년 넘게 넘어지고 자빠지고 온갖 어려움을 겪으며 살아왔다. 결혼 초엔 아이가 빨리 생기지 않아서 힘들었고, 결혼 중반엔 집안이 가난해서 힘들었다. 특히나 아내의 고생은 더욱 심한 것이었다. 내가 공부하는 사람이고 글을 쓰는 사람이라서 겪는 마음고생이 컸으며 두 사람 모두 몸이 건강하지 못해서 병원 신세를 많이 지면서 버텼다.

우리가 함께 살면서 아내는 여섯 번 대수술을 받았고 나는 네 번의 대수술을 받았다. 그래서 우리는 여섯 번 깨진 항아리와 네 번 깨진 항아리가 그럭저럭 산다고 말을 하곤 한다. 시댁 식구들과의 갈등 또한 아내로서는 풀기 어려운 과제였으리라. 하지만 언제나 어디서나 아내는 내 편에 굳건히 서서 나를 지지하고 나를 지켜 주었다.

2007년 내가 죽을병에 걸려서 6개월 동안 장기간 병원 생활할 때는 거의 하루도 내 침대 옆을 비우지 않고 지켜 준 사람이 바로 아내 김성예다. 만약에 그때 아내가 먼저 포기하고 자리를 비켰더라면 나 또한 생명의 의지를 꺾고 말았을 것이다. 그런 점에서 내 아내 김성예는 나의 마지막 보루(堡壘)와 같은 사람이고 최초의 1인인 동시, 최후의 1인인 사람이라 할 것이다.

나는 나의 아내처럼 마음이 곧고 굳건한 사람을 모른다. 나는 나의 아내처럼 마음이 맑고 한결같은 사람을 모른다. 나는 나의 아내처럼 순결한 마음을 가진 사람을 본 적이 없다. 나는 내가 아내의 첫사랑의 사람이고 마지막 사랑의 사람임을 의심치 않는다. 내가 세상에 와서 가장 커다란 행운이 아내 김성예를 만난 것이란 것을 또한 의심치 않는다.

청양 누이

같은 부모 아래 태어나 자란 형제라 해서 다 좋은 것은 아니다. 더러는 더 좋은 형제가 있고 조금은 덜 좋은 형제가 있을 수 있다. 우리 형제는 6남매. 남자 형제 셋에 여자 형제 셋. 그런 가운데 나는 둘째 누이가 가장 좋다.

어려서부터 그랬다. 예쁘고 착하고 똑똑했다. 우리 집 형편이 가난해 둘째 누이가 초등학교 졸업하고 중학교에 들어가지 못하게 되었을 때도 아버지에게 말씀드려 중학교에 다니게 한 사람이 나다. 마침 그때 내가 초등학교 교사로 일하고 있었기에 입학금을 대겠노라 약속해서 그렇게 된 것이다.

그런데 내가 둘째 누이를 곤란하게 한 일이 몇 차례 있다. 이 또한 내가 둘째 누이를 예뻐하고 믿기에 그런 게 아닌가 싶기는 하지만 어쨌든 곤란하게 만든 건 사실이다. 첫 번째는 1968년 내가 육군 사병으로 근무하면서 월남 파병을 지원했을 때의 일이다.

일단은 월남 파병을 지원해 놓고 가족에게 알리기는 해야 했는데 도저히 말이 안 나와 둘째 누이에게만 살짝 말해 주고 월남 가서 편지할 때까지 집안 어른들에게는 말하지 말아 달라고 당부한 일이 그것이다. 그것도 군복 차림으로 둘째 누이가 학생으로 다니던 중학교에 찾아가 그렇게 했으니 어린 누이가 얼마나 당황했고 또 가슴 졸이고 그랬을까.

그다음은 둘째 누이가 결혼할 때의 일이다. 우리 아버지는 자식 낳아 기르고 가르쳐 결혼시키는 일을 아주 잘하신 분이고 그런 일을 열심히 하신 분인데 조금은 서두는 면이 있던 분이었다. 큰누이가 스물두 살에 나의 고등학교 동창 되는 사람에게 시집을 간 뒤 둘째 누이마저 서둘러 결혼시키려 하셨다.

그때 둘째 누이의 나이 겨우 스물하나. 내가 첫째인데 나를 제치고 둘이나 누이가 앞서서 결혼한다 하니 내 마음이 심히 뒤틀리고 흔들렸다. 내가 마치 쓸모없는 인간이 된 것 같아 슬펐다. 그래서 나는 아버지와 어머니에게 대들기도 했다. 왜 그렇게 어린 나이에 누이를 시집보내려 그러느냐는 게 내 항변의 요지였을 것이다.

부모님과 큰 오래비 사이에 끼어 둘째 누이는 숨도 쉬지 못하고 아무런 말도 없이 부모님 뜻에 따라 시집을 갔다. 둘째 누이 결혼식장에서 내가 너무 많이 울어서 가족사진을 제대로 찍지 못할 정도였으니 지금에 와서도 얼굴이 붉어지는 일이다.

둘째 누이가 시집간 고장은 청양. 그 뒤로 둘째 누이는 청양 댁이 되었고 또 나에게는 청양 누이가 되었다. 그게 벌써 몇 년 전의 일인가. 1972년도의 일이니 청양 누이도 이제는 청양 사람으로 산 지 52년이 되었다. 금혼식을 지난 지 2년이 되었다는 말이다.

지금도 나는 청양 누이를 가장 가깝게 생각하고 의지하는 마음을 갖는다. 손아래 누이지만 집안의 중요한 일들을 상의하고 조언을 얻곤 한다. 누이와 함께 사는 남편, 매제가 또 어질고 착한 사람이라서 서로 마음을 터놓고 이야기할 수 있는 상대가 되어서 더욱 좋다.

내 이제 늙은 사람 되었지만 이렇게 좋은 관계로 지낼 수 있는 형제가 하나 있고 마음으로 의지하고 위로받을 수 있음을 참으로 다행스럽게 여기는 바이다. 청양. 둘째 누이가 반세기 넘게 가서 사는 고장 청양. 청양은 그래서 나에게 정답고 친근한 고장이 되었다.

젊어서 참 예뻤던 청양 누이. 웃는 것이 예뻤고 말하는 것이 예뻤고 행동이 예뻤던 누이. 가끔 나는 그런 누이를 한산 세모시처럼 섬세하고 예쁘다고 생각하곤 했지. 그런 누이도 이제는 나이가 들어 다리가 아프고 허리도 아픈 사람이 되었다. 부디 아프지 말고 예쁜 모습 그대로 우리 곁에 오래 있어 주기만을 빌고 바라는 마음이다.

청양. 청양 누이. 여러 번 소리 내어 불러 보면 입 안이 푸르러지는 것 같다. 푸르고 싱싱한 풀잎이거나 어린 나무의 새싹이라도 돋아날 것만 같다. 청양이여. 청양 누이여. 너 오래 거기 잘 있어 다오.

선생님의 사랑

　나는 어려서 졸렬하고 보잘것없는 아이였다. 우선 외모가 그렇고 가정 형편이 그랬다. 학교 성적 또한 부진했다. 한 번도 우등상 같은 것을 받은 일이 없었으니 당연한 일이라 할 것이다.

　게다가 학창 생활도 길지 않았다. 초등학교 6년에 중등학교 6년. 대학생이 되어 보지 못한 것이다. 하지만 그 12년에서도 1년 정도는 잘려 나가는 형편이다. 초등학교 입학을 9월에 했으므로 반년이 빠지고, 2학년 때는 이 학교 저 학교 전학을 다니느라 어떻게 학교 다녔는지 기억이 나지 않을 정도니 거기서 반년 정도는 또 빠지는 형편이다.

　돌아보아 선생님들에게 주목받거나 칭찬받은 그런 기억이 별로 없다. 당연히 그럴 것이라고 생각하면서 지냈는데 나이 들면서 정말로 그럴까, 생각하면서 선생님들을 떠올려 보았다. 비록 명시적인 칭찬이나 사랑은 아니지만 어떤 선생님으로부터는 보이지 않는 사랑과 보살핌이 있지 않았을까 생각했던 것이다. 그건 그러하다. 나에게도 그런 선생님은 분명 있었을 것이다. 다만 내가 그걸 알아차리지 못했을 뿐이다.

맨 먼저 초등학교 1학년 때 김상규 선생님이 떠오른다. 내가 입학한 학교는 기산초등학교 이사리 분교. 교실만 딱 한 칸 있었던 학교인데 선생님도 한 분뿐이었다. 나는 그 선생님으로부터 한글을 배워 깨쳤다. 한복을 자주 입으시는 선생님이었고 인자하신 분이었다.

어린 내가 그 선생님과 정이 들었던가 보다. 2학년이 되면서 우리 동네 아이들이 학구 조정에 따라 기산초등학교 본교로 다니게 되었다. 하는 수 없이 그 선생님과 헤어지게 된 것이다. 선생님이 나에게 너는 이제부터 여기 학교를 그만 다니고 기산초등학교 본교로 다녀야 한다고 말할 때 나는 선생님 앞에서 와락 울어 버리고 말았다.

어린아이가 무엇을 알아서 그랬을까. 다만 나는 낯설고 더 먼 학교로 가야 하는 것이 두렵고 싫어서 그랬을 것이다. 그런데 선생님은 그런 내가 안쓰러우셨던 모양이었다. 울고 있는 내 머리를 쓰다듬으시며 말씀하셨다. "수웅아, 그 학교에도 선생님이 계시고 또 착한 아이들이 있단다." 선생님의 말씀을 들으며 나는 울음을 천천히 그쳤던 기억이 생생하다.

그다음 선생님은 시초초등학교 4학년, 5학년을 거푸 담임해 주신 황우연 선생님이시다. 나는 이사리 분교를 떠나 기산초등학교로 전학을 갔으나 그 학교에 적응하지 못하고 학교를 쉬다가 2학기가 되어 외갓집 마을에 있는 시초초등학교로 전학을 갔던 기억이다. 일단은 막동리 집에서 적응하지 못해서 외할머니네 집으로 돌아간 것인데 학교도 따라서 바뀌게 된 것이다.

그러다 보니 2학년을 어떻게 다녔고 무슨 공부를 했는지 기억이 전혀 없다. 담임 선생님이 어떤 분이었는지도 모르겠다. 내가 학교생활에 익숙해지고 안정된 것은 3학년을 거쳐 4학년부터. 담임 선생님이 좋은 분이었다. 황우연 선생님. 성격이 온순했고 아이들을 존중해 주셨다. 특히 노래 가르치는 시간인 음악 시간을 좋아했다. 내가 최초로 기억하는 초등학교 시절의 노래는 "산 높고 물 맑은 우리 마을에"로 시작되는 "봄이 왔어요"라는 노래인데 이 노래 역시 황우연 선생님으로부터 배운 노래였지 싶다.

선생님은 내가 그림 그리기를 좋아하고 조금쯤 그쪽에 소질이 있음을 감지하셨던 것 같다. 4학년 때인가 5학년 때 서천 군내 초등학교 사생 대회에 나를 그리기 선수로 내보내 준 분이 바로 황우연 선생님이시다. 그래서 내가 정물화 부문 동상을 받은 일이 있었다. 초등학교 시절 받은 유일한 대외상이었다.

그런 뒤로 학급 아이들은 나를 그림 잘 그리는 아이로 알아주었고 5학년 때는 학급 자치회의 미화부장으로 추천해 주기도 했다. 이어서 선생님은 다음 날 시간표에 사회 시간이 들어 있으면 나에게 모조지 한 장을 미리 주시며 집에 가서 세계 지도를 그려 오라고 개인별 숙제를 내주시기도 했다.

선생님은 담배를 좋아하셨던 것 같다. 그걸 어떻게 아셨던가, 외할머니는 면사무소 앞 송방에서 궐련(담배)을 두 갑 사서 벽장에 넣어 두었다가 봄과 가을 소풍 때마다 한 갑씩 꺼내 주시며 선생님 가져다 드리라고 했다. 외할머니로부터 궐련을 받아 들고 선생님에게로 가서 조심스럽게 그것을 내밀면 선생님은 보일 듯 말 듯 미소 지으며 말없이 받아 주시곤 했다.

내가 세상에 태어나 최초로 찍은 사진 또한 그 선생님이 찍어 주신 사진이다. 5학년을 마치고 6학년에 올라갈 때 선생님은 학급 임원들만 모여 사진을 한 장 찍자 하셨는데 그 사진에 어리고도 철없는 나의 모습이 들어가 있었던 것이다. 학교 다니면서 한 번도 우등상을 받아 보지 못했던 나. 5학년 때 품행방정상이란 이름의 상을 한 차례 받은 일이 있는데 그 상 역시 황우연 선생님이 주신 상이었다.

품행방정상은 오늘날로 보면 선행상 같은 것이었는데 나는 선행을 한 아이가 아니었다. 다만 얌전하게 선생님 말씀 잘 듣고 제자리를 잘 지켜 책상에 잘 앉아 있는 아이였을 뿐이다. 공부는 우등상에 미치지 못하지만 나름대로 노력하는 아이이니 노력상쯤으로 선생님이 챙겨서 주신 상이었지 싶다.

상장을 가져다가 자랑스럽게 외할머니에게 내밀었을 때 외할머니는 어떻게 아셨는지 나에게 이런 말씀을 하셨다. "너는 머리가 좋은 아이가 아니여. 노력하니께 그만큼이나 하는 거여." 나는 그 말씀이 많이 섭섭했다. 기왕이면 머리가 좋다고 하시지. 그러면 더 노력할 텐데. 하지만 그것은 어린 나의 바람이었을 뿐 나중에 생각해 보니 외할머니 그 말씀이 내 인생에 등불이 되어 준 것이었다.

나름, 어린 나도 선생님에 대한 고마움과 사랑을 감지하고는 있었지 싶다. 6학년을 마치고 졸업 사진을 찍는 날 사진사 아저씨는 아이들의 주문에 따라 개인 사진을 찍어 주었다. 그때 나는 6학년 담임 선생님하고만 사진을 찍지 않고 황우연 선생님을 교무실로부터 모셔다가 셋이서 사진을 찍기도 했으니 말이다.

지난 일을 돌아보면 후회되는 일이 한둘이 아니다. 그 뒤에 나는 자라 초등학교 교사가 되어 선생님이 근무하시는 서천군의 초등학교에서도 근무한 일이 있다. 그때 선생님을 찾아뵙고 감사한 마음을 전하고 그랬으면 얼마나 좋았을까. 다만 빛바랜 사진 속에 인자하고도 편안한 선생님 얼굴을 가끔 들여다보며 '감사합니다, 선생님' 마음속으로 머리를 조아릴 뿐이다.

골방
공부

중학교 3학년 때 열네 살 때. 이제 키도 제법 자랐고 집에서 학교까지 8킬로 통학길도 익숙해질 대로 익숙해졌다. 외갓집 마을, 귀뜸마을, 고즈넉하고 좁은 고장에서만 살던 아이가 넓은 들과 멀리 뻗어 나간 길을 오가면서 마음도 조금씩 넓어진 것이다.

길거리에서나 골목길에서 만나는 우악스러운 아이들, 완력이 있는 아이들을 피해 다닐 줄도 알고 기율부, 등굣길 아침마다 교문을 지키고 서서 복장이며 모자의 모표며 심지어 교복의 단추까지 시시콜콜 검사하면서 귀찮게 구는 아이들도 3학년 동급생 아이들이니 그다지 두려울 것이 없어졌다.

그뿐이 아니다. 안질매, 원길리 아이들 그 매서운 눈초리도 이제는 사라져 버려 어느 날은 혼자서도 너끈하게 길을 갈 수 있도록 자신감이 생겼다. 천천히 길을 걸으면서 주변을 둘레둘레 보기도 하고 먼 마을 풍경도 보기도 했으리라. 더러는 같은 방향의 동급생 아이들과 어울려 걸으면서 장래 희망 이야기를 나누기도 했으리라.

2학년 겨울 한철 서천 읍내에서 하숙 생활을 잠시 하기도 했지만, 겨울 방학을 맞으면서 자연스럽게 하숙 생활을 정리하고 집으로 돌아왔다. 3학년이 되어 당장 코앞에 닥친 문제가 고등학교 진학 문제였다. 어떤 학교에 갈 것인가? 처음 내 꿈은 상업고등학교에 들어가 은행원이 되는 것이었다. 내 수준에서 알고 있던 좋은 학교는 상업고등학교밖에는 없었다.

왜 그런가? 초등학교 2학년, 일곱 살 때 논산 훈련소로 입대하신 아버지 면회 가면서 보았던 강경상업고등학교가 그렇게 멋스럽게 보였던 거다. 그렇게 나는 사회적으로 시야가 좁은 아이였다. 초등학교 시절 가장 멀리까지 가 본 곳이 장항읍이었고 그다음은 강경 지나 논산이었으니까.

동부 통학생, 함께 다니던 동급생 중에 김재남이란 아이가 있었고 김영현이란 아이가 있었다. 두 아이 모두 성격이 온순하고 조용해서 나와 잘 어울렸다. 우리는 학교가 파하면 짝을 지어 천천히 신작로를 걸어서 서천읍에서 길산장이 있는 삼산리까지 걸었다. 더러 날씨가 좋은 날은 길가에 앉아서 이야기하는 시간도 가졌다. 그만큼 여유가 생긴 것이다.

두 아이의 장래 희망도 나와 엇비슷했다. 통이 큰 아이는 법 공부를 해서 율사가 되는 꿈을 꾸기도 하던 시절이다. 구체적으로 어떻게 한다는 게 아니고 막연하게 그런 생각을 품었던 아이들이다. 우리 서천군에도 사법 고시에 합격하여 판사가 된 분이 있고 변호사 일을 하는 분이 있다는 소문을 아이들도 들어 알고 있었기 때문이다.

3학년 2학기 어느 날이었을 것이다. 아버지와 함께 나의 장래 희망에 대한 이야기를 나눈 일이 있었다. 상업학교 이야기를 꺼냈더니 아버지는 펄쩍 뛰셨다. 당연히 사범학교에 들어가 초등학교 선생님이 되어야 한다는 것이었다. 그때까지 나는 한 번도 학교 선생님이 된다는 생각을 해 본 적이 없는 아이였다.

초등학교 선생님. 그것은 실은 아버지의 꿈이었다. 일제 침략기 초등학교를 졸업하고 5년제 사범학교에 들어가고 싶었으나 나이가 많고, 또 같은 동네 친일파 유지에게서 받아야 하는 추천서를 끝내 받지 못해서 포기하고 만 꿈이 초등학교 교사의 꿈이었다. 실은 그 꿈을 실현하기 위해 어려운 살림살이에도 나를 중학교에 진학시키셨던 아버지다.

두말할 것도 없는 일이었다. 나의 장래 희망은 자동적으로 초등학교 교사가 되었고 진학할 학교는 사범학교로 결정되었다. 그렇게 아버지의 말씀은 대단하고 절대적인 힘을 가졌던 것이다. 그때부터 걱정이 생겼다. 어찌한다? 친구들에게 알아본 결과, 사범학교는 실기 시험도 본다는데 어떻게 실기 시험까지 합격하나?

3학년이 되어서 옆자리에 앉은 아이 가운데 박성홍이란 아이가 있었다. 그 아이의 집은 서천군의 서부 지역인 마서면 한성리. 아버지는 서천군청 공무원이었고 작은아버지는 서천초등학교 교사였다. 문화적으로나 경제적으로 우리 집과는 비교가 되지 않을 수준이었다. 그런데 그 아이는 약간 얼굴에 마마 자국이 있는 아이였다. 고종사촌 동생 옥출이와 가까운 동네에 살았고, 또래라서 같은 시기 천연두를 앓았던 모양이다.

나는 본능적으로 그 아이가 좋았다. 나처럼 키가 크지 않고 자그마해서 좋았고 성격이 왁살스럽지 않고 유순해서 좋았고 급우들에게 친절해서 좋았다. 일단 사람이 사람인 이상 이편에서 좋아하는 마음을 가지면 저편에서도 좋아하게끔 되어 있다. 우리는 쉴 시간 같은 때 자주 만나 서로의 마음속 이야기를 털어놓았다. 점점 동부 통학생 김재남이나 김영현보다 박성홍에게 마음이 기울었다.

그렇게 학교생활을 하면서 2학기가 되었다. 10월 초순쯤 선생님들은 교과서를 아예 떼어 주었다. 그다음은 아침부터 진학 시험 공부로 채웠다. 시간마다 선생님들이 과목에 맞추어 들어왔지만 실지로 하는 것은 문제 풀이였다. 선생님은 문제를 불러 주고 아이들이 답을 말하는 식이었다. 어떤 선생님은 자습을 시키기도 했다. 그런 시간이면 아이들은 제멋대로 떠들며 소란을 피웠다.

생각해 보았다. 이러려고 한 시간 넘게 8킬로를 걸어오고 이 렇게 하고 또 8킬로를 걸어서 집으로 가는 것은 너무도 낭비가 심하다는 생각이 들었다. 어떻게 하면 좋을까? 차라리 장기 결석을 하고 집에서 공부하면 어떨까? 이제부터는 시간과 싸움이다. 누가 더 많은 시간을 공부에 열중하느냐에 따라 승패가 달라진다.

나는 이러한 내 생각을 아버지에게 알렸다. 고개를 갸우뚱하시던 아버지도 나중에는 네 뜻이 정이나 그렇다면 그렇게 한 번 해 보라고 허락하셨다. 나는 이튿날 학교에 나가 박성홍에게 내 사정을 이야기했다. 그러면서 사범학교 응시 원서를 사는 돈을 주고 공주사범학교 응시 원서를 한 장 사 달라고 부탁했다. 그 아이도 사범학교 시험을 볼 건데 자기는 대전사범학교 쪽을 지망할 거라 했다.

그 당시는 살기가 어렵고 힘든 시절이라 무조건 취업이 잘되는 학교가 인기 있었다. 더욱이 시골에 사는 아이들, 집안이 가난한 아이들일수록 그랬다. 고등학교 시험을 1차, 2차로 보았는데 그에 앞서 특차가 있었다. 사범학교가 바로 특차로 보는 학교였다. 하지만 사범학교보다 앞서서 시험 보는 학교도 있었다. 교통고등학교와 체신고등학교가 그랬다. 그들은 전액 국비 장학생에다가 기숙사 생활을 하면서 3년 동안 공부를 했다. 정말로 학교 성적이 뛰어난 아이가 아니면 그런 학교에 들어갈 수 없었다. 그런 학교를 지망하는 아이들은 본인의 희망이라기보다는 부모님들 희망으로 그랬을 것이다.

그다음이 사범학교인데 우리 서천중학교 졸업생들이 들어갈 사범학교는 군산사범학교와 공주사범학교와 대전사범학교, 세 군데가 있었다. 가장 높은 수준의 아이들이 들어가는 학교가 대전사범학교이고 그다음이 공주사범학교였고 군산사범학교였다. 그런데 나는 왠지 모르게 공주사범학교에 마음이 끌렸다. 그렇다고 내가 공주에 대해서 뭘 좀 알고 그런 건 아니다. 다만 마음이 그렇게 끌려서 그런 것이었을 뿐이다.

일단 응시 원서 문제를 해결한 뒤로는 아예 학교에 가기를 포기했다. 그렇게 두 달 가까이 장기 결석을 감행한 셈이다. 다만 내가 장기 결석한다는 사실을 박성홍만 알고 있었을 뿐이다. 이렇게 장기 결석을 하면서 나는 집에서 숨어서 공부할 장소를 찾았다.

우리 집 사정은 조용한 분위기 안에서 공부에 열중할 만한 그런 집이 아니다. 방이 세 칸이지만 규모가 작고 식구들까지 많아서 공부방을 따로 장만할 그런 형편이 못 되었다. 궁리 끝에 나는 웃방(건넌방)에 딸린 골방을 나의 공부방으로 정했다. 그 방은 비좁은 헛방인데 곡식 씨앗이나 고구마나 감자 따위를 저장해 두는 용도로 쓰는 방이었다.

나는 그 방을 대강 청소하고 책상을 들고 들어갔다. 뒤란 쪽으로 쪽창이 있기는 했지만 대체로 방이 어둠침침했기 때문에 낮에도 호롱불을 밝히고 그 불빛 아래서 책을 읽었다. 일단 나는 3학년 1, 2학기 교과서를 몽땅 챙겨 들고 들어갔다. 그런 다음 커다란 종이 하나를 마련하여 거기에 시험 보기까지의 날짜를 적었다. 그러고는 과목의 중요도에 따라 공부할 날짜를 배당했다.

실상 나는 영어가 약했고 물상(당시는 물리를 물상이라 했다)이나 수학 같은 이과 계열의 과목이 약했다. 그렇지만 다른 과목으로 보충하면 된다는 생각으로 공부를 했다. 참고서도 만만치 않았다. 초등학교 때 전과 지도서와 수련장이 있었다면 중학교에서는 '간추린' 자가 앞에 들어가는 참고서가 있었다. 하지만 가난한 우리 집은 그런 책들을 시원스레 사 줄 여력이 없었다. 가끔은 잘사는 집 친구들에게서 참고서를 빌려서 공부하기도 했다. (그렇게 나에게 참고서를 잘 빌려준 친구로 서천읍 군사리에 사는 나태희란 아이가 있었다. 부잣집 아이로 몸집이 뚱뚱하고 마음씨가 좋지만, 공부에는 흥미가 없어 늘상 편안한 표정으로 놀기만 하는 아이였다.)

그러면 어떻게 공부하는 것이 좋을까? 생각 끝에 나는 교과서를 처음부터 끝까지 읽고 또 읽기로 했다. 어린 내가 무엇을 알고서 그런 것이 아니다. 달리 방법이 없었기 때문에 그리한 것이다. 교과서 중심의 시험 공부. 이것은 어린아이가 궁여지책으로 생각해 낸 것이지만 매우 적절하고 옳은 선택이었다고 본다. 모든 시험 문제는 교과서를 근본으로 해서 내게 마련이 아니던가! 그것은 맹인의 팔매질 같은 것이었는데 용케 과녁에 맞은 거나 마찬가지의 일이었다.

아예 나는 잠을 자지 않으려 했다. 잠을 자더라도 누워서 편안하게 자는 게 아니라 책상 앞에 앉은 채로 자기로 했다. 그래서 책상 하나 놓고서는 나 하나 몸을 얹을 자리만 겨우 남겼다. 정말로 앉은 채로 조금씩 쪽잠을 자면서 책 읽기에 매진했다. 소변보는 일도 요강을 하나 들고 들어가 골방에서 해결했다.

정말로 그것은 열네 살짜리 아이의 결심과 노력과 결단치고서는 당돌하고 특별한 것이었다. 내 생애를 전체를 두고서도 가장 치열하게 공부한 시기가 그 시기가 아닌가 싶다. 열네 살 아이의 용맹 정진. 그 결과로 해서 나는 누구도 장담하지 못한 사범학교 합격의 결과를 얻어 낸 것이었다.

그뿐이 아니다. 나는 사범학교 시험에 실기 시험이 있다는 말을 듣고 아버지 앞에서 애국가를 목청 높여 불러 보기도 하고 왼손 주먹을 쥐고 데생 연습도 해서 아버지에게 보여 드리기도 했다. 아버지는 만족스럽지는 않지만 그만하면 됐다고 말씀해 주시기도 했다.

골방 공부를 대강 마치고 학교에 등교하여 부탁했던 대로 박성홍이에게서 공주사범학교 응시 원서를 받아 들고 담임 선생님을 찾아가 나의 의도를 밝히고 원서를 써 주십사 할 때 담임 선생님은 한마디로 고개를 흔들며 거절했다. 그래도 써 주십사 거듭 말했더니 너는 결석도 오래 했고 성적도 그다지 좋지 않으니 안 된다고 말씀하면서 정이나 그렇다면 집에 가서 아버지를 모시고 오라고 했다.

나로서는 달리 퇴로가 없었다. 외통수였고 한 번의 기회가 주어졌을 뿐이다. 아버지를 모시고 학교에 갔을 때 담임 선생님은 겨우 응시 원서를 써 주었다. 속으로 분명 합격하지 못할 거라 여기면서 원서를 써 주었을 것이다. 그러나 결과는 합격. 우리 학교 출신으로 공주사범학교 합격자는 남학생 다섯에다가 여학생이 둘, 그 일곱 명 가운데 내가 끼게 된 것이었다.

이렇게 내가 공주사범학교에 합격하여 평생을 초등학교 선생을 하면서 살 수 있도록 해 준 사람 가운데 일등 공로자는 박성홍이란 동급생 아이다. 세상에 나와 내가 맨 처음 가장 큰 도움을 받은 사람이 바로 박성홍이다. 나는 그때 공주가 어디에 있는 도시인지도 모르는 숙맥이었다. 부여란 말을 들어 본 일이 있기에 공주가 부여의 한 귀퉁이에 있는 조그만 마을쯤인 줄 알았으니까 말이다. 그만큼 나는 사회적인 지식이 부족한 아이였다.

그러나 이 대목에서 마음 아픈 것은 나에게 사범학교 응시 원서를 구해 준 그 박성홍은 정작 자기의 시험, 대전사범학교 시험에서 합격하지 못했다는 점이다. 전해 들은 말로는 얼굴의 마마 자국 때문에 면접 시험에서 그랬다고 하는데 참 나로서는 두고두고 미안하고 또 미안한 일이 아닐 수 없었다.

일평생 사람이 살려면 자기 힘만 가지고서는 안 된다는 것. 누군가의 도움을 받아야 한다는 것. 그런데 나는 정작 지금까지 살면서 누군가를 절실하게 도와준 일이 있었는가, 반성이 된다.

박성홍은 나와 동갑 열네 살로 동급생들보다 나이가 한 살 아래다. 그 어린 나이에 어떻게 그렇게 의젓한 신의를 보여 주었는지 까마득한 옛날의 기억이지만 그에게 절하여 인사드리고 싶은 심정이다.

하숙집
그   어른

나는 1979년 이래 공주시 금학동이란 동네에서 줄곧 살고 있다. 딸아이가 공주로 이사해 태어났으니 내가 공주에서 살기 시작한 것은 딸아이의 나이와 같다. 어느새 45년, 반세기에 가깝다. 그러나 내가 맨 처음 공주 땅에 발을 들인 건 1960년 1월, 공주시 구도심 지역 봉황동이다.

그때 아버지는 없는 돈을 빚내어 나를 데리고 공주에 와 3박 4일 하숙을 들었다. 공주사범학교 입학시험을 치르기 위해서였다. 하숙을 든 집이 바로 공주시 봉황동의 어느 집. 큰 길거리에서 한참 골목길로 들어가다가 골목길에서 다시 좁은 길로 들어가 그 안쪽에 들어 있는 집이었다.

대문이 제법 높았고 집의 규모도 컸다. 기역(ㄱ) 자로 지어진 기와집인데 마당 가운데 일본식 원형의 화단이 있고 대문이 달린 쪽에 사랑채가 있었다. 아버지와 나는 그 사랑채에 하숙을 들었다. 방이 넓고 추웠다. 춥기는 안채 주인댁도 마찬가지였지 싶다.

주인 되는 분은 나이 드신 남자 어른과 여자 어른. 한눈에도 기품 있고 점잖은 분들이었다. 남자 어른은 차림이며 처신이 한학자처럼 보였다. 말씀에 품위가 있었고 얼굴빛이 온화하면서도 위엄이 있었다. 그러므로 이쪽에서 저절로 행동을 가지런히 하도록 하는 힘 같은 것이 느껴졌다.

하숙집은 시험 보는 학교와 가까웠다. 하루 삼시 세끼를 하숙집에 와서 먹었다. 그래서 아버지가 그 집을 하숙집으로 정했지 싶다. 그러나 하숙집 반찬은 참으로 열악했다. 김치에 콩자반에 멸치조림이 있었을까. 언제나 밥상에 오른 국은 무를 썰어서 끓인 멀건 무국이었다.

입이 짧아 밥을 잘 먹지 않는 나를 위해 아버지가 생각 끝에 한길로 나가 가게에서 통조림 하나를 사 오셨다. 꽁치 통조림. 아버지가 통조림 뚜껑을 열고 꽁치 토막 하나를 꺼내어 내 밥그릇에 놓아 주셨다. "이거라도 반찬 삼아 밥을 많이 먹어라." 입학시험에 합격하기를 바라는 마음으로 그러셨을 것이다.

그뿐이 아니다. 상을 물리면서 주인댁 아주머니에게 정중히 부탁하기도 하셨다. "아이가 밥을 잘 먹지 않아서 그러니 다음 밥상에도 이걸 좀 두었다가 다시 주셨으면 합니다." 그래서 그 통조림의 꽁치를 아버지는 입에 대 보지도 않고 모두 내가 먹었다.

그렇게 3박 4일. 춥고도 힘든 봉황동의 하숙 생활을 끝내는 날이 다가왔다. 공주사범학교 최종 합격자 발표일이 된 것이다. 아버지와 나는 아침밥을 서둘러 먹고 학교로 갔다. 공주사범학교 건물의 일제 강점기에 지어진 2층 건물. 2층 담벼락에 합격자 수험 번호를 쓴 종이가 옆으로 길게, 그리고 높다라니 붙여져 있었다.

내 수험 번호는 128번. 그런데 내림 글씨, 종서로 쓴 한자라 그 128번이 정말로 128번인지 아닌지 나는 확실히 가늠이 가지 않았다. (128번이 一二八로 쓰여 있었다.) 그러나 아버지는 대뜸 그걸 알아보셨다. "야, 너 합격했다, 합격했어." 나는 살면서 아버지가 그렇게 기뻐하시는 일을 본 일이 없다.

오후는 합격자들만 모여서 주의 사항을 들으라는 안내문이 따로 붙어 있었다. 아버지는 나를 데리고 하숙집으로 돌아갔다. 점심을 먹고 이제는 서둘러 집으로 돌아가기 위해서였다.

하숙집에 들어서자 아버지는 주인댁 마루에까지 가서 말씀하셨다. "선생님, 제 아이가 사범학교에 합격했습니다." "아, 그러신가? 소년등괄세 그려. 장하네." 주인댁 남자 어른의 말이 떨어지자 아버지는 또 나에게 말을 하셨다. "얘야, 들어가 어른께 절을 올려라." 나는 신을 벗고 주인댁 안방에 들어가 남자 어른에게 큰절로 인사를 드렸다. 엎드려 있느라 보지 못했지만 주인댁 남자 어른은 흐뭇한 표정으로 나를 내려다보고 계셨을 것이 분명했다.

　나중에, 아주 나중에 알고 보니 그 남자 어른이 이계철 선생이었다. 이계철 선생은 유학의 도시 공주에서 향교 전교를 여러 차례 지내신 분이고 임강빈 시인의 장인 되시는 분이다. 임강빈 시인은 나로서는 시의 스승처럼 가까이 지냈던 분. 많은 깨우침을 주셨던 분.

　그 하숙집 남자 어른이 임강빈 시인의 장인이신 것을 어리고 철없던 내가 어찌 짐작이나 할 수 있었을까. 사람은 살 만큼은 살아 보아야 하고 기다릴 만큼 너끈히 기다려 보아야 하는 것이 우리네 인생이 아닌가 싶다.

　지금도 나는 공주 시내를 자전거를 타고 다니다가 봉황동 그 어름에 오면 방향을 바꿔 골목길로 들어가 옛날 하숙집 있던 곳을 서성인다. 지금은 옛사람 모두 떠나고 완전히 변해 버린 거리 모습. 하지만 그 어딘가 내 어린 모습이 숨어 있을 것만 같고 젊은 아버지의 뜨거운 숨결이 기다리고 있을 것만 같아서 그러는 것이다.

신춘문예
당선

1971년 서울신문 신춘문예 시 당선은 나의 인생 역정 가운데 가장 중요한 사건 가운데 하나다. 그러지 않았다면 나는 끝내 살아 있는 사람이 아닐 수 있었기 때문이다. 그때 나는 완전히 깨진 거울과 같았고 맨땅에 던져진 달걀과 같은 신세였다. 어디에도 희망이나 구원의 손길은 없었다. 그냥 그 자리 고꾸라져 죽었어야만 했다.

생각해 보면 그건 자업자득 같은 거였다. 좀 더 인내하고 신중하게 처신했으면 충분히 피할 수도 있었던 일인데 지나치게 내가 서둘렀고 조바심했고 서툴렀던 것이다. 그러니까 그녀가 완전히 나를 믿고 나를 따를 수 있도록 기다렸어야 했다. 행동으로든 말로든 믿음을 주도록 했어야 했다. 그러지 못했기 때문에 그녀가 나를 떠나 버린 것이다.

나는 그만 천둥벌거숭이가 되어 버렸다. 세상을 살아갈 아무런 의미도 없는 사람처럼 되어 버렸다. 생명의 끈을 놓고 싶었다. 오늘에 와서 그것이 그렇게도 중요한 일이었느냐 물으면 곤란하다. 그때 그 시절 그 나이로서 나는 충분히 그랬다. 지금도 그 시절의 일을 떠올리면 가슴이 아릿하도록 아파져 옴을 느낀다.

나름대로 이유가 없었던 건 아니다. 어려서는 말수가 적고 소심한 성격으로 얌전한 아이였으나 고등학교 시절부터 시 쓰겠다고 나대면서 성격이 탐미적인 데카당(décadent) 쪽으로 흘렀고 군대 생활 하는 동안 월남 파병에 참여, 거칠고 과격한 성격으로 바뀌어 버렸던 것이다.

스물네 살 군대에서 제대하여 복직한 학교인 경기도 연천군 군남초등학교. 거기서 만난 인천 출신의 여교사. 홍 선생. 한 살 나이 차이. 내 옆 반 담임으로 볼이 붉고 말이 없고 수줍은 듯 소리 없이 웃는 얼굴이 예뻤다. 기우뚱 마음이 기울었고 끝내는 프러포즈했으나 거절당하고 말았다.

처음에는 내게로 마음이 오는가 싶었다. 그런데 참을성 없이 인천의 그녀네 집에 가서 그녀네 어른들을 만난 것이 패착이었다. 누구보다도 그녀 아버지가 노여워하셨다. 밀가루 방앗간을 해서 애지중지 키우고 가르친 고명딸인데 어느 날 낯모르는 엉뚱한 녀석이 와서 결혼하겠다 했으니 아버지의 노여움은 이해할 만하다.

울면서 그녀의 집을 쫓겨 나올 수밖에 없었다. 그것은 1970년

123

1월의 일. 신학기를 맞아 학교에 나온 그녀는 나를 옆자리에 앉혀 놓은 채로 다른 남자와 선을 보고 약혼하고 결혼식을 올리고 신혼여행이란 것까지 일사천리로 진행해 나갔다. 나는 피가 거꾸로 도는 듯 괴로웠다. 화가 나서 이발소에 가서 머리를 삭발하기도 했다.

그다음부터는 폐인의 낭떠러지였다. 마음이 병들고 몸이 병들고 도저히 일어서기 어려운 상태가 되었다. 저대로 두었다간 아들 하나 버리겠다 싶어서 아버지가 나서서 나를 충남의 고향 학교로 불러 내렸다. 하지만 여전히 피폐한 정신과 몸은 되살아날 기미가 없었다.

그러다가, 그러다가, 나도 모르는 사이 희미하게 살고 싶다는 의욕이 생겼다. 어떻게든 이 함정에서 벗어나야만 했다. 어떻게 한다? 생각 끝에 청소년 시절부터 지속해 온 시 쓰기를 해 보기로 했다. 그래도 나에게는 시의 대상이 필요했다. 누구에게 마음을 주고 나의 힘든 마음을 호소할까?

이미 나를 버리고 떠나간 그녀에게 나의 마음을 맡기기는 어려웠다. 내 마음속에 또 다른 여교사가 떠올랐다. 그녀는 서울 출신의 여교사. 나보다 늦게 그 학교로 부임해 온 사람. 실은, 그녀는 내가 인천의 여교사에게 마음을 주고 버림받는 과정을 곁에서 지켜본 사람이다. 그러면서 오히려 나를 안쓰럽게 여겼던 사람이다.

그러나 나는 한 번 여자에게 호되게 당한 뒤라서 쉽사리 그녀에게 마음을 열 수가 없었다. 하지만 멀리 떨어져 고향 학교로 오니 그녀가 몹시 고맙다는 생각이 들었다. 아슴아슴 그립기까지 했다. 그렇다. 그 여선생에게 내 마음을 시로 써서 전하자. 그런 뒤로는 하루에 한 편씩 시 비슷한 글을 써서 우편으로 보내기 시작했다.

때마침 신문에서는 신춘문예 작품 모집 광고가 나오고 있었다. 내가 근무하던 학교에서 보던 신문은 한국일보와 서울신문. 나는 동시를 써서 한국일보에 보내고 시를 써서 서울신문에 보냈다. 어느 쪽이든 당선만 되면 내가 살아날 것 같은 생각이 들었다. 나는 그 여선생에게 보낸 마음의 조각들을 모으고 모아서 시 형식을 갖춰 신문에 응모했다.

처음부터 자신 없는 일이고 기대하지 않은 일이었다. 그저 빠져나오기 어려운 연못에서 허우적거리는 사람이 지푸라기라도 잡고 싶은 심정으로 저질렀던 일이다. 그런데 더럭 한 군데 신문의 신춘문예에 나의 글이 당선된 것이다. 그것도 시였고 또 심사위원이 내가 소년 시절 이래로 좋아했던 박목월 선생이고 또 박남수 선생이었다.

그것은 단순한 일이 아니라 죽어 가는 한 젊은이를 살려 낸 일이었다. 정말로 이제부터는 정신 차려서 인생을 살고 싶었다. 맑고 깨끗한 인생을 살고 싶었고 시다운 시를 쓰는 시인이 되고 싶었다. 바닥까지 내려간 자존 의식이 조금씩 올라오기 시작했다. 아, 나도 살았다, 그런 내밀한 속삭임이 들렸다. 1971년 서울신문 신춘문예 시 당선. 그것은 내 인생에 가장 큰 전환점을 가져다준 계기였다.

그로부터 나는 조금씩 고른 숨을 쉬기 시작했고 조금씩 바른 걸음을 걷기 시작하여 오늘날까지 이어 오고 있다. 이 얼마나 감사한 노릇인가! 하마터면 말라 죽을 뻔한 나무였는데 한 줄기 고마운 소낙비가 찾아와 그 나무를 살린 것이다.

지금까지 나는 어떠한 글에서도 내가 하루에 한 편씩 시를 써서 우편으로 보낸 그 여선생에 대해 밝힌 일이 없다. 다만 인천 출신 여선생에게 버림받은 슬픔을 달래기 위해 시를 써서 신춘문예에 당선되었다고만 써 왔다. 그러나 나의 신춘문예 당선 시 "대숲 아래서" 뒤에는 두 사람의 여인이 있었다. 나를 버린 여인과 버려진 나를 안쓰럽게 바라보아 준 또 한 여인.

하지만 나를 안쓰럽게 바라보아 준 서울 출신의 한 여인이 있었음을 늙은 사람이 되어서야 고백한다. 이 선생. 얼굴이 갸름하고 머리칼이 치렁치렁 길고 눈이 맑고 깊은 여자. 조금쯤은 멍한 표정을 짓기도 하는 그 여자. 살짝 사치스럽기도 한 여자. 손이 곱고 발이 특히 예뻤다.

인천 여자에게 버림받은 상처도 상처거니와 저렇게 고운 손과 예쁜 발로 어떻게 거친 세상을 함께 살아갈까 믿음이 서지 않아 선뜻 손을 내밀지 않는 바람에 그녀는 다른 남자에게로 시집을 가 버렸다. 나중에 누구에게선가 바람결에 들으니 고치기 어려운 병에 걸려 일찍 세상을 떴다고 한다.

내가 그녀 내면에 숨겨진 간절함과 검박한 소망을 미처 들여다보지 못했던 것이다. 뒤늦게 미안한 마음. 내가 그때 손이라도 잡아 줄 것을. 후회스런 마음. 참으로 고마운 사람인데, 나 혼자서만 미안하고 송구한 마음이 뒤늦게 거기에 있다. 그녀에 대한 미완의 그리움과 추억은 나의 초기 시집 곳곳에 스며 있다. 신춘문에 당선 시 "대숲 아래서"뿐만 아니라, 가령 이런 시에도 그 흔적은 짙게 남아 있다.

1. 사랑하는 사람아, 너는 모를 것이다. / 이렇게 멀리 떨어진 변방의 둘레를 돌면서 / 내가 얼마나 너를 생각하고 있는가를. // 사랑하는 사람아, 너는 까마득 짐작도 못할 것이다. / 겨울 저수지의 외곽길을 돌면서 / 맑은 물낯에 산을 한 채 비쳐보고 / 겨울 흰 구름 몇 송이 띄워보고 / 봇우물 곱게 웃음 웃는 너의 얼굴 또한 / 그 물낯에 비쳐보기도 하다가 / 이내 싱거워 돌멩이 하나 던져 깨뜨리고 마는 / 슬픈 나의 장난을. //

2. 솔바람 소리는 그늘조차 푸른빛이다. / 솔바람 소리의 그늘에 들면 옷깃에도 / 푸른 옥빛 물감이 들 것만 같다. // 사랑하는 사

람아,/ 내가 너를 생각하는 마음조차 그만/ 포로소름 옥빛 물감
이 들고 만다면/ 어찌겠느냐 어찌겠느냐.// 솔바람 소리 속에
는/ 자수정 빛 네 눈물 비린내 스며 있다./ 솔바람 소리 속에는/
비릿한 네 속살 내음새 묻어 있다.// 사랑하는 사람아,/ 내가 너
를 사랑하는 이 마음조차 그만/ 눈물 비린내에 스미고 만다면/
어찌겠느냐 어찌겠느냐.//

3. 나는 지금도 네게로 가고 있다./ 마른 갈꽃 내음 한 아름 가슴
에 안고/ 살얼음에 버려진 골목길 저만큼/ 네모난 창문의 방 안
에 숨어서/ 나를 기다리는/ 빨강 치마 흰 버선 속의 따스한 너
의 맨발을 찾아서./ 네 열 개 발가락의 잘 다듬어진 발톱들 속
으로.// 지금도 나는 네게로 가고 있다./ 마른 갈꽃송이 꺾어 한
아름 가슴에 안고/ 처마 밑에 정갈히 내건 한 초롱/ 네 처녀의
등불을 찾아서./ 네 이쁜 배꼽의 한 접시 목마름 속으로/ 기뻐
서 지줄대는 네 실핏줄의 노래들 속으로.

- 나태주, "배회" 전문

광필이

지난해(2023년) 5월인가 싶다. 제자들이 또다시 나를 불렀다. 해마다 스승의 날이면 나와 아내를 불러 스승의 날 행사를 치러 주는 제자들이다. 이번에는 내가 처음 그들과 공부했던 학교 근처에서 모임을 하기로 했다. 그 학교에 한번 가 보고 싶다는 말을 내가 더러 한 것을 그들이 기억하고 있음으로써다.

학교 자리는 그 자리지만 건물도 바뀌고 운동장도 바뀌고 주변의 풍경까지도 깡그리 바뀌었다. 그래도 감개무량했다. 스무 살 때 근무했던 학교에 78세 노인이 되어 다시 돌아오다니! 더구나 그때 6학년 담임했던 제자들과 함께 돌아오다니! 나도 늙은 사람이지만 제자들도 이제는 늙은 사람들이라서 설레는 마음이 쉽게 진정되지 않았다.

아, 그랬구나. 그랬었구나. 과거로 돌아갔던 마음과 현재의 마음과 뒤엉켜 뻐근한 가슴, 조금은 괴롭기까지 했다. 그런 가운데 이광필이란 이름의 제자가 들려준 이야기가 나를 끝내 울리고 말았다.

광필이는 내가 햇병아리 교사로 근무한 경기도 연천군 군남 초등학교에서 6학년 학생으로 만난 사람이다. 학교 소재지 마을에 사는 아이였다. 눈이 크고 키도 또래보다 크고 성격까지 시원시원해서 사람을 잘 따르는 아이였다. 가깝게 두고 심부름 시킬 아이가 필요했던 나는 그 아이를 지목해서 자잘한 심부름을 맡겼다. 나중에는 숙직 근무를 하는 날 학교 숙직실에서 함께 잠자기도 했다. 심지어는 점심시간 점심밥 나르는 일을 시키기도 했다.

6학년 담임을 맡고 나서 내가 힘들다고 하니까 외할머니가 또다시 오시어 나와 함께 지내고 계셨던 때다. 무엇보다도 내 밥을 해 주기 위해서 그 멀고 낯선 고장에까지 오셔서 살았던 것이다. 생각해 보면 외할머니와 함께 살면서 초등학교 시절 꼬작집에서 살던 때가 제일 좋았고 그다음으로는 바로 그때가 가장 행복하고 편안했던 한 시절이 아니었나 싶다.

우선은 내가 좋았다. 마을의 한 집에서 빈방 하나를 얻어 외할머니와 함께 살면서 외할머니가 지어 주시는 따순 밥을 얻어 먹고 잠을 자니 얼마나 마음이 안정되고 좋았는지 모른다. 멋도 모르고 열심히만 아이들을 가르쳤다. 조금은 무리한 일도 많이 저질렀다. 실수도 많이 했다. 하지만 학교에서도 학부형들도 나의 열성만 보고 눈감아 주었다. 그런 시절이 나에게도 있었다.

언제나 만나면 붙임성 있게 말을 잘하는 광필이가 가까이 와서 말했다. "선생님 기억나세요? 내가 선생님 점심밥 날라 드린 것." "그럼 기억나고 말고. 그때 할머니가 함께 살고 계셨지." "네, 할머니가 나를 불러 선생님 점심밥을 가져다 드리라고 부탁하셨어요." "그랬었지." "할머니는 채반에 밥그릇을 담고 반찬 두어 가지를 담아 보자기로 싸서 주면서 말씀하시곤 했어요. '이거 엎질르지 말고 잘 가져다가 우리 선생님 드려라.'" "아니, 할머니가 그렇게 말씀하셨단 말인가?" "네, 할머니는 꼭 선생님을 '우리 선생님'이라고 부르곤 하셨어요."

아, 우리 선생님. 정말로 할머니가 나를 '우리 선생님'이라 부르셨던 말인가? 도대체 이것은 몇 년 만에 돌려서 듣는 옛날의 이야기란 말인가? 나는 그만 울컥하는 마음에 눈시울이 붉어졌고 끝내는 손수건을 꺼내어 눈물을 훔쳐야만 했다. 다시 한 번 '우리 선생님'이라고 중얼거려 보는 나의 입속에서 향내 같은 것이 번지는 느낌이 들었다.

그나저나 그렇게 오래되고 작은 일을, 그것도 자기의 일도 아닌 일을 상세히 기억하고 있다가 나에게 들려준 광필이가 고맙다. 그도 이제는 귀밑머리 허옇게 센 70대. 기껏 나와 나이 차이도 8년밖에 안 나는 사람. 이런 사람과 함께 이 땅에 살면서 늙어 감이 축복이 아닌가 싶다.

카카오톡 문자

올해 초의 일이다. 그때 며칠 나는 계룡산 도예촌에서 도자 시화 작업에 열중하고 있었다. 한 도예가와 뜻이 맞아 그가 만든 도자기 작품에 내가 글씨와 그림을 넣어 난생처음이자 마지막 전시회를 해 보자 해서 그러던 참이었다.

시화 작업을 하다가 점심때가 되어 도예가와 인근의 식당에서 점심 식사를 마치고 오면서 핸드폰을 열어 부재중 전화와 문자를 확인했다. 미안하게도 나는 핸드폰을 무음으로 해 놓고 지낸다. 문학 강연이나 인터뷰나 글 쓰는 일이나 주로 내가 하는 일들이 집중이 필요한데 방해가 된다는 점에서 그렇다.

대뜸 카카오톡에 눈길에 갔다. 내가 모르는 가운데 아주 중요한 분의 문자가 도착해 있었던 것이다. "아산병원 이성구 교수님." 아 이성구 교수님이 웬일이실까? 일단 이분의 이름만 들어도 나는 가슴이 뛰고 긴장이 된다.

내가 아는 이성구란 이름이 여럿 있지만 아산병원 이성구 교수는 한 분이고 그분은 또 의사로서 나를 살려 주신 생명의 은인이기 때문이다. 아니다, 아직도 내가 1년에 두 차례 병원을 찾아가 점검받는 주치의이기 때문이다.

핸드폰 화면을 열어 문자 내용을 확인했다. "안녕하십니까? 제가 올해 2월 말 교원 정년을 맞게 되었습니다. 제 경력 등을 포함한 내용들을 전해 드리는 모임에 선생님께서 저를 아름답고 은혜로이 표현해 주셨던 시를 소개해도 될지 허락받기 위해 문자 드립니다. 내용은 다음에 전해 드리는 내용으로 준비되었고 글씨체 등 수정 예정입니다. 제게 진료 예약일은 언제인지요? 향후 선생님 진료 계획에 대해서도 그때 상의드릴 수 있겠습니다. 주말과 주일 잘 지내시기를 기원합니다. 감사합니다. 이성구 올림."

가끔 이성구 교수로부터 문자 메시지를 받기는 했지만, 그때의 문자는 매우 간략하고 업무적인 문자였다. 그러나 이번은 아니었다. 매우 구체적이면서도 긴 문자였다. 우선은 당신이 이번 학기 2월 말로 교직 정년 퇴임을 한다는 것과 교직 정년 퇴임 모임에서 내 시를 읽는데 그걸 허락해 달라는 내용이었다.

아, 그렇지. 이분이 대학교 교수님이지. 그래서 교직 정년 퇴임을 하는 거구나. 내 입에서는 아, 하는 탄식 같은 감탄사가 다시금 나왔다. 그만큼 세월이 흘러간 것이다. 내가 죽을병에 걸려 서울아산병원에서 허덕이던 때가 2007년인데 그로부터 17년이란 세월이 지났다. 아니 17년을 잘 살아남았다.

나는 얼른 전화를 걸었다. "아니 교수님이 벌써 정년이시군요. 그런 의미 있는 자리라면 제가 직접 가서 시를 읽어 드렸으면 합니다." "아닙니다. 절대로 그러시면 안 됩니다. 그 자리는 제 아내도 오지 않는 자리예요. 전문인 몇이서 모이는 자리입니다." 전화를 끊고 나는 막막한 심정에 잠시 잠겼다.

지난번엔 비뇨기과 안한종 교수가 정년 퇴임이라서 주치의를 바꾸었고 또 그전에는 2009년도 내 개복 수술을 두 차례나 해 준 이영주 교수가 정년 퇴임으로 병원을 떠나는 바람에 그분에 관한 시를 넣어 만든 시집이 '퇴사 반송'이라는 이유로 돌아오지 않았던가!

세월이 이만큼 빠르고 무정하다. 너나없이 사람의 일이 이토록 덧없다. 그렇게 오랫동안 나는 병원 의사 선생님들 보살핌으로 생명을 부지하며 이나마 살아 있는 것이다. 참으로 사람이 어리석고 눈감은 점이 많다. 배은망덕 또한 많다. 이를 어찌할까. 다만 가슴에 안고 남은 날들을 곱게 살아갈 것만을 생각해 본다.

환자와 먼저/ 눈을 맞춘다// 입으로 말하기 전에/ 눈으로 말을 한다// 동그랗고도 맑고도/ 깊은 눈// 그 너머로 흐르는 잔잔한 미소// 하나님, 이런 의사 한 분/ 이 땅에 보내주신 것 감사합니다.

- 나태주, "눈빛" 전문

이것은 내가 이성구 교수님을 위해 써 드린 조그만 글 한 편이다.

퇴사 반송

50년 이상 책을 출간하고 독자나 지인들과 책으로 소통해 온 사람인지라 책을 우편으로 보내고 받는 일은 거의 일상에 가까운 일이다. 지난해의 봄에도 새로운 시집을 출간하고 여러 사람에게 책을 보내 드렸다.

명색이 50번째 시집이다. 시집 제목은 《좋은 날 하자》(샘터, 2023). 책 제목이 좀 애매하다는 것이 책을 받은 사람들의 반응이었다. 문법에 맞지 않는다는 말도 있었다. 하지만 나는 그런 점이 좋아서 책 제목을 그렇게 정했다.

내 생애에 창작 시집을 50권째 출간했다니, 이건 나름 놀라운 일이고 또 축복이다. 그동안 쉬지 않고 시를 써 왔노라는 증거인 동시에 아직도 시를 쓰고 있다는 사실을 보여 주고 있음이기 때문에 그러했다. 더구나 좋은 출판사의 제안으로 나온 시집이다.

나는 가능한 한 주변분들에게 이 시집을 많이 보내 드리고 싶었다. '50번째'라는 말을 내세우지는 않았지만 내심 내가 이렇게 잘 견뎌 왔음을 자랑하고 싶은 마음 또한 없지 않았던 게 사실이다.

이 시집 안에는 사람의 실명을 부제로 달고 있는 작품이 여러 편 수록되어 있다. 이른바 누군가에게 바치는 시, 헌정시다. 그런 작품 가운데 한 편이 바로 "활인검"이란 시로 '이영주 닥터'란 부제를 달고 있다. 시의 전문이다.

입원환자 회진 시간에/ 양말 신은 걸 보지 못했다// 사철을 가죽구두/ 안에 담겨진 맨발// 급하게 수술실로 들어가서/ 칼을 잡기 위해서라 그랬다// 안경알 너머 날카로운 눈빛에/ 번득이는 칼날// 그러한 칼을 사람들은/ 활인검(活人劍)이라 부른다// 나도 실은 하룻밤 사이/ 두 번이나 칼을 맞고// 기적처럼, 정말 기적처럼/ 살아난 사람이 되었다.

헌정시의 주인공이 되는 이영주 닥터는 서울의 한 상급 종합 병원의 외과 의사로 일하는 분이었다. 전공은 간담도췌외과. 간장과 쓸개와 췌장 부분을 수술하는 데 탁월한 공적을 세운 명의 중의 명의였다. 이분이 절제한 한국 사람의 간장을 모아 놓으면 동산 크기가 될 것이라는 말이 있을 정도였다.

내가 이분과 처음 만난 것은 2007년 5월 25일. 대전의 한 대학병원에서 3개월 동안 사투를 벌이다가 아무래도 안 되겠다 싶어 3차 의료 기관을 찾아가서 만난 분이 이분이었다. 하지만 이분은 첫인상부터가 매우 냉철한 분으로 내게 절망적인 진단을 내렸다. "벌써 죽었을 사람이 왔군요. 예전에는 몰라도 요즘엔 이렇게까지 진행되지 않습니다. 열어 보았자 건질 것이 없겠군요. 이런 환자는 어떤 의사도 맡으려고 하지 않을 것입니다."

하지만 나는 우여곡절 끝에 그 병원의 그 의사 환자가 되었고 외과적 치료가 불가능해 내과로 전과하여 석 달 동안 치료받고 퇴원하는 사람이 되었다. 그러나 2년 뒤에 다시 병원으로 불려 가 간장 일부와 쓸개를 절제하는 수술을 받았다.

역시 이영주 교수의 집도로 수술을 받았는데 첫 번째 수술이 실패하여 하루 만에 재수술받아 겨우 사람 구실을 하는 사람이 되었다. 수술 뒤에 이영주 교수의 말이 그랬다. "장기가 모두 책에서나 볼 수 있는 기형이었습니다. 잘못했으면 이번에도 죽을 뻔했습니다."

그 뒤로 나는 15년 동안 겨우겨우 살아가는 목숨으로 버티고 있다. 내과 치료 해 준 이성구 닥터와 함께 두 분 의사는 내 평생 생명의 은인이 아닐 수 없다. 그러니 시집을 보내야 했던 것. 당연히 등기 우편으로 책을 부쳤다. 그런데 며칠 뒤, 책이 돌아온 것이다.

'퇴사 반송', 봉투에 쓰여 있는 붉은 글씨를 보고 가슴이 덜컥

내려앉았다. 아, 의사도 병원을 그만둘 때가 있구나. 그렇지. 의사도 사람이고 의사도 직장이니 그만두기도 하겠지. 그러나 환자의 입장에서는 언제까지나 의사가 그 자리에 있는 줄로만 믿는다. 아니, 그렇게 믿고 싶어진다.

작고 초라한 책이지만 이 책을 어떻게 당사자에게 전해 드리나? 나는 아직도 그 책의 봉투를 열지 못하고 있다. 어쩌면 앞으로도 영영 그 봉투를 열지 않고 책방의 한구석에 간직해 둘지도 모른다.

일생의 스승 1

- 헤르만 헤세 -

사람은 본래 배움의 존재다. 아니, 배움 그 자체가 인생이고 삶이다. 하루 한순간도 배우지 않고서는 살 수가 없다. 주로 인간은 인간으로부터 배우는데 자기보다 나이가 많은 사람이 선생이다. 그러하다. 선생이란 말 자체가 먼저 태어난 사람이란 뜻이다.

정말로 그러하다. 현명한 사람은 자기보다 먼저 태어난 사람으로부터 무언가를 배우며 사는 사람이다. 부모나 손위 형제, 이웃, 학교 선생님이 두루 스승이 되어 줄 것이다. 더더욱 현명한 사람은 인간으로부터도 배우겠지만 책이나 자연이나 세상으로부터도 배우는 사람일 것이다.

그런 의미에서 나는 아주 먼 곳으로부터 스승 두 분을 받아들이고 싶다. 좀은 엉뚱하다 그럴 것이다. 한 분은 내가 시인이 되기를 꿈꾸고 시인으로 살면서 가슴에 품은 스승이고, 또 한 분은 늙어 가면서 어떻게 늙고 드디어 죽어 갈 것인가를 가르친 스승이다.

먼저 헤르만 헤세(Hermann Hesse)다. 독일 사람. 시인이며 소설가이며 화가이기도 했던 사람. 오래전에 독일에서 태어나(1877년), 스위스 사람으로 귀화해 살다가 돌아간(1962년) 사람. 어쩌면 그런 사람이 한국의 키 작은 시인 나태주의 스승이 될 수 있었던가? 안내자가 있었다.

먼저 나는 한국의 시인 박목월을 좋아했다. 그분의 시를 읽었고 그분의 시 작품 안에서 헤르만 헤세를 만났다. 1960년, 열다섯 나이. 시인이 되고 싶었다. 박목월 선생의 시가 이끈 힘이다. 동시에 낯선 나라의 시인 이름 하나가 가슴속으로 들어와 별이 되었다. 헤르만 헤세. 박목월 선생의 헤르만 헤세에 대한 소개는 이러하다.

나는 헷세의 시를 좋아한다. 어쩌면 그의 시보다도 담담한 물감으로 아무렇게나 그려놓은 그의 수채화를 한결 좋아하는지 모른다. 헷세의 수채화에는 끊임없이 방랑하는 시인의 외로운 노래가 소리 없이 깃들었다. 아 라인강 근처의 포도원, 알프스 기슭의 어엽잖은 농가, 아스팔트를 깔지 않은 길가의 가난한 가로수, 소내기 묻어오는 호수 가의 물빛들이, 조용한 우수 속에 담백한 채색을 지니고 있다. 소박한 미소를 머금고 가난하게 충만하여 제대로 한 세기 전의 램프불에 비친 풍경들……

헷세는 그런 풍경을 구름의 눈매로, 설핏한 인자로움으로 바라보았으리라.

등의자에 앉아서, 그의 화첩을 바라보면 의자는 가벼운 날개를 펴고 날아가버린다.

……헷세의, 구름송이가 이우는 하늘로, 그곳에서 꿈꾸기 좋아하는 사람의 맑은 눈매에 어리는 무지개의 한 끝이 풀린다.

- 박목월, "등의자에 앉아서" 일부(박목월 시집 《난, 기타》, 1959, 신구문화사)

이것은 내가 바로 시인이 되기로 결심한 해인 1960년도에 읽은 《난, 기타》란 이름의 박목월 선생의 두 번째 시집에 들어 있는 작품이다. 인용이 좀 길지만 어쩔 수 없었다. 시인의 본래의 작품은 산문시로 더욱 길다.

시 안에서 보면 박목월 선생은 헤르만 헤세를 당신의 표기 방식대로 "헷세"라 썼고 그의 시를 좋아하지만 "어쩌면" 그의 시보다도 그림을 더 좋아한다고 쓰고 있다. 어떤 사람일까? 시가 좋은데 그림이 더 좋은 시인. 궁금증은 오래갔고 그 사람을 찾아가는 여행길은 또 오래 지속되었다.

알고 보니 그는 글이나 그림도 좋았지만 삶이 더 좋았다. 태어나 성장하여 어른이 되고 늙어 가면서 수없이 많은 고난을 겪고 실패가 있었지만, 그 모든 것들을 스스로의 집중과 노력으로 극복하였을뿐더러 더 좋은 자기 자신이 되기 위해 끊임없이 노력하며 살았다. 멀고 가까운 나라와 땅을 많이 밟으며 여행했고 그 길 위에서 아주 많은 풍경과 사람과 만나 사귀었고 세상과 삶에 대한 눈을 멀고도 깊게 열었다.

그뿐만 아니라 틈만 나면 자신의 정원에서 꽃과 나무를 가꾸는 정원사로도 살았다. 세상과 인간에 대해 끝없는 사랑을 지닌 사람이었고, 그러므로 정신의 바닥까지 휴머니스트인 사람이었다. 조국 독일이 나치즘에 오염되었을 때 과감하게 민족주의자들과 맞서 세계시민으로 살고자 노력한 매우 진취적이고 용기 있는 인물이었다.

무엇보다도 어린 나의 마음에 들어와 뿌리내려 자라기 시작한 것은 그의 한마디 말과 사소한 삶의 태도였다. "나는 시인이 아닌 사람은 그 무엇도 되지 않겠다." 글쎄, 이런 말을 그의 나이 14세 때 했다고 하지 않는가! 나는 고작 15세 때 시인이 되고 싶다고 희미하게 마음을 먹었는데 그는 그보다 한 살 앞서 이토록 단호하고도 놀라운 인생의 결심을 했던 것이다. 남다른 선견이요 조숙이 아닐 수 없겠다.

그뿐이 아니다. 그런 뒤로 그는 자신의 말과 결심에 한 치도 어긋남이 없는 삶을 살았다. 이 얼마나 대단한 실천이요 모범인가. 그러니 나의 스승이 아닐 수 없겠다. 내가 만약, 추호도 의심 없이 나의 일생을 시에 던지고 그 길을 걸었다면 그것은 오로지 헤르만 헤세가 앞서서 간 길을 따랐음이다.

또 한 가지 헤르만 헤세는 인생의 말년까지 자신의 모든 일을 스스로 해결하려고 노력하며 살았다 한다. 통계에 따르면 헤르만 헤세 말년에 세계 각국으로부터 받은 편지가 3만 5천 통에 이르는데 그 편지들의 답장을 비서의 도움 없이 자력으로 해결했다니 놀랍다. 평균 일일 서신이 150페이지에 달했다니 이는 역사상 누구도 흉내 낼 수 없는 모범이다. 그리고 우체국에 우편물을 부치고 찾을 때도 직접 손수레를 끌고 오고 갔다는 말은 감동을 준다. 이런 일은 참 아름다운 일이고 본받을 만한 일이다.

헤르만 헤세처럼 자기가 하고 싶은 일을 하고 좋아하는 일을 하면서 살면 행복한 인생이 된다. 헤르만 헤세처럼 자기가 하고 싶은 일을 하고 좋아하는 일을 하면서 일생을 살면 성공한 사람이 된다. 나도 헤르만 헤세처럼 행복한 사람이 되고 싶었고 성공하는 인생을 살고 싶었다. 이런 때는 비록 따라 하기라고 해도 괜찮다.

내가 일찍이 학교 선생이 되어 살았고(1964년, 19세부터) 시인으로 살면서(1971년, 26세부터) 자신의 일을 자신의 힘으로 해결하며 살고자 노력했고 나이 들도록 시와 산문을 그치지 않고 쓴 것 역시 헤르만 헤세에게서 배운 바이다. 그러니 헤르만 헤세가 일생의 스승이 아닐 까닭이 없는 것이다.

나는 그 뒤에 헤르만 헤세에게 호소하는 마음으로 시 한 편을 쓴 일이 있다. 그 시는 내가 인생에서 가장 힘든 시련을 겪었던 1970년 초봄의 일이다.

1. 실로 울부짖어야 할 분노의 불길을 맞이하여 낮은 목소리로 속삭이게 해 주십시오. 돌아서 버린 자의 배반을 위해 미움의 칼날보다는 차라리 한아름의 꽃다발을 준비하게 해 주십시오. 당신과 내가 가져야 할 것은 애초부터 아무것도 없었습니다. 그런 걸 처음부터 우린 너무나 탐스러운 젊은이가 아니었던가 염려스럽습니다. 눈 한번 마주치지 않고 죽어간대도 하나도 억울할 것이 없는 당신과 나. 만난 기쁨보다는 헤어진 다음의 기다림과 돌아선 다음의 미움이 더욱 두렵거니와, 살아간다는 것이 얼마나 짐스러운 것이고 서로 기다리며 생각한다는 것이 얼마나 지루하고 오히려 아픈 형벌임을 자각했을 때, 차라리 메마른 땅에 엎디어 몇 날 몇 밤을 혼자 울 수 있는 은혜를 주십시오.

2. 얼마나 헛된 바램으로 견뎌온 나날들이었습니까? 하나도 그 모습을 보여주지 않는 안개 속에서 헤세여, 당신과 나는 이제까지 얼마나 헤매었습니까? 모든 일상과 꿈은 지쳐버린 발걸음에 밟히는 낙엽일 뿐, 그 서걱대는 속삭임일 뿐, 얼음 밑을 흐르는 지난겨울 물소리보다 못한 이 초봄의 가련하고 을씨년스러운 잔설일 뿐, 당신은 어두운 창문마다 불 밝히기에 얼마나 지쳐 있

습니까? 나는 여적 한 송이의 꽃도 피워보지 못한 손과 한아름
의 바닷물 소리조차 들어보지 못한 귀를 가지고 기인 밤을 불면
으로 채우는 밑 없는 사랑의 독에 물을 길어다 붓습니다. 정녕
이 끝없는 작업은 언제쯤 끝나도 좋은 것이겠습니까?

- 나태주, "낮은 기도" 전문

일생의 스승 2
- 이어령 -

헤르만 헤세가 내 전반부의 인생, 그러니까 시인이 되기를 결심하고 시인으로 살아가는 데 스승이 되어 주었다면 한국의 문인 이어령은 내 후반부 인생의 스승이다. 헤르만 헤세가 어떻게 나를 세우고 나를 유지하며 살 것을 가르쳤다면 이어령은 나로 하여금 어떻게 나를 정리하고 어떻게 인생의 판에서 사라질 것인가를 가르쳐 준 스승이다.

조금은 엉뚱하다 싶은 생각이 있을 수 있겠다. 어떻게 이어령이란 분이 나태주의 스승이 되는가. 이어령. 그분과 나는 그 무엇으로도 연결 고리가 없다.

학교를 같은 학교 나온 것도 아니고 문학 평론을 한 것도 아니고 직장이나 모임을 같이한 일도 없다. 나의 고향이 충남이긴 하지만 그분이 태어난 아산이 나의 고향인 것도 아니다. 다만 공통점을 찾는다면 한국 땅에 태어나 한글로 글을 쓴 문인이라는 것밖에는 없을 것이다.

이어령, 그야말로 그분은 종합 선물 상자 같은 인물이다. 문인으로서 여러 분야를 두루 섭렵했다. 문학 평론, 에세이, 소설, 시, 희곡 등 어느 한 가지도 손대지 않은 문학 장르가 없다. 직업도 다양했다. 언론인, 문예지 편집인, 국문학자, 하이쿠 연구자, 에세이스트, 시인, 소설가, 일본 문화 연구자, 대학교 교수, 문화부 장관 등, 너무도 화려하다.

내가 맨 처음 이어령을 만난 것은 에세이스트로서의 이어령이다. 1963년에 나온 역저 《흙 속에 저 바람 속에》를 현암사 판으로 읽었던 것이다. 그분의 나이는 29세. 나는 그때 사범학교를 졸업하고 초등학교 교사 발령을 기다리며 지내던 시절이다.

글이 무척 날렵하고 신선했다. 산문이지만 시적인 울림마저 있었다. 그 뒤로 《바람이 불어오는 곳》, 《신한국인》 등 그분의 명쾌한 저서를 건너 건너 읽었을 것이다. 실상 계속해서 신간을 구입하기는 했지만 그분의 저서를 온전히 탐독했다고 보기는 어렵다.

한때는 '새것주의자'란 생각 때문에 나하고는 방향이 전혀 다르다는 결론에 이르기도 했다. 그분의 주장이나 글은 전자제품의 신제품 같아서 시간이 지나면 이내 중고품이 된다는 생각에서 그랬다. 그러면서 나는 차라리 고물상 주인이 되겠다 자처했다. 고물상 물건들은 낡기는 했지만, 그 안에는 오래가도 변하지 않는 항구적인 그 무엇이 있지 않겠는가 싶어서 그랬다.

내 인생의 후반부, 그분의 저서 가운데 크게 감동한 책은 《하이쿠 문학의 연구》(1986, 홍성사)이다. 이어령의 저작 가운데 별로 주목받지 못했지만 내게는 대단한 책이다. 일찍이 박순만 씨 번역으로《일본인의 시정》(1985, 성문각)이란 제목의 하이쿠 책을 접한 내가 하이쿠에 대해 좀 더 알고 싶었던 차제에 만난 책이 이어령의 바로 이 책이었다.

박순만 씨의 책이 하이쿠에 대한 정성스런 번역이었다면 이어령의 책은 하이쿠에 대한 이론서로서 깊이가 있고 논지가 정연한 책이었다. 이어령의 명저《축소지향의 일본인》(문학사상사, 2008)도 하이쿠 연구에서 파생되어 나온 것이 아닐까 싶을 정도로 그 책은 탁월한 책이었다. 내가 시 공부하면서 만난 몇 권 안 되는 좋은 책 가운데 한 권이었고 나의 후기 시의 지침이 되어 준 책이다.

그다음으로 내가 놀란 것은 2018년 3월 19일, 한국 팬클럽 회원 몇 사람과 아프리카의 알제리로 문학 강연을 갔을 때의 일이다. 동행한 시인 이길원 씨가 알제리 문인들을 상대로 문학 강연을 할 때 영상 하나를 보여 주었는데 그 영상이 바로 이어령의 영상이었다.

이어령은 우리 한글을 설명하면서 한글은 0과 1로 구성된 글자라고 설명하고 있었다. 그것은 참으로 놀라운 발견이었다.

어떻게 그런 생각을 할 수 있었을까. 한글로 글자를 써 보니 정말로 그건 그랬다. 이런 생각을 해내는 사람은 한국인으로서는 이어령이 처음이고 마지막일 것이다. 가히 천재라 아니할 수 없겠다.

어찌 나같이 늦되는 둔재가 이어령을 이해할 수 있을까? '디지털'(Digital)과 '아날로그'(Analog)의 합성어로 '디지로그'(Digilog)의 개념을 처음 도입한 사람. 문화부 장관 시절 88올림픽의 개·폐막식을 스스로 디자인한 사람. 한국예술종합학교와 국립국어원을 창립한 사람. 그러면서 자기의 장관 시절 가장 잘한 일은 '노견'(路肩)이란 한자식 단어를 '갓길'이란 한글식 단어로 고쳐서 사용하게 한 일이라고 겸손해하는 사람.

이러한 이어령을 내가 직접 가까이 만나게 된 것은 2021년 6월 22일이다. 이 만남에도 안내자가 있었다. 바로 김남조 선생이시다. 당시는 내가 한국시인협회장으로 일하고 있을 때인데 김남조 선생이 자주 말씀하셨다. "아무래도 나태주가 이어령을 한 번은 만나야 한다"고.

왜 그런 말씀을 하셨는지 나로선 그분의 속내를 짐작하기 어렵고 영문을 모르는 일이기도 하다. 어쩌면 그분의 영력이 작용해서 그런 게 아닌가 싶기도 한데 오늘에 와선 그저 감사하기만 한 일이다.

마침 한국시인협회 사무실 부근에 있는 강호한정식(종로구 경에서 식사를 마치고 어딘가를 함께 가자 제안하셨다. 그때 간 곳이 바로 이어령 선생 댁인 영인문학관(종로구 평창동 소재)이었다.

당시 김남조 선생은 휠체어가 아니면 이동이 안 되는 형편이었다. 다행히 윤효 시인과 김지헌 시인과 같이 젊은 시인들이 동행해 주어 김남조 선생의 휠체어를 밀어 주었고 또 자동차로 이동해 주었다.

김남조 선생이 어렵게 이어령 선생의 부인 강인숙 관장에게 전화 걸어 방문을 예고하고 영인문학관에 들어갔다. 영인문학관 1층 넓은 방에 일행이 안내되어 주인을 기다렸지만 정작 이어령 선생은 쉽사리 자리에 나타나지 않았다.

이어령 선생의 소천이 2022년 2월 26일이니까 그것은 꼭 6개월 4일 전의 일이다. 몇십 분쯤은 실히 기다렸을 것이다. 기다림 끝에 드디어 이어령 선생이 응접실로 나타났다. 이어령 선생이 응접실에 들어올 때 기다리던 일행은 적이 놀라고 있었다. 나의 입에서도 아, 하는 탄성이 조그맣게 나왔다.

평소 언론이나 사진으로 보았던 그분의 모습이 아니었다. 새하얀 모시 한복 차림이었다. 신도 역시 새하얀 신으로 모시 한복에 맞춘 재래식 신발이었다. 얼굴은 초췌하고 몸집이 작아져 있었지만 눈빛만은 형형하게 빛이 나고 있었다. 병을 앓는 분이 어찌 이토록 정장 차림을 고집했을까. 대단한 자존 의식이라는 생각이 들었다.

차림이 그래서 그랬던지 얼굴 주변에서 새하얀 빛이 번지는 듯한 느낌이 들기도 했다. 아, 아우라라는 것이 이런 것이구나, 느끼는 순간이었다. 자리에 앉으면서 명함을 건넸다. 명함에는 '이어령'이란 세 글자만 새겨져 있었다. 그러고는 개정판이라면서 《지성에서 영성으로》(열림원, 2017)란 책을 사인해서 한 권씩 방문객에게 돌렸다.

이내 그분의 강연이 시작되었다. 김남조 선생이 옆에서 거들기는 했지만 그건 일방 통로로 쏟아지는 폭포수 같은 언술(言述)이었다. 암으로 10년 동안 투병 중이란 분이 어디서 저렇게 이야기할 수 있는 힘이 나오는 걸까. 거의 한 시간 가깝게 환자분의 강의는 이어졌다.

이야기 도중 특별한 이야기가 있었다. 그것은 선생의 방석에 관한 것이다. 아마도 앉아서 지내는 의자나 방바닥에 놓은 방석 얘기인 것 같았다. 얼마나 오래 지속적으로 앉아 있었는지 선생이 사용하는 방석이 궁둥이 자죽으로 움푹하게 패였다는 것이다. 그걸 신문 기자들이 와서 보고 사진으로 찍어 가기도 했다고 한다.

이것은 단순한 이야기 같지만 대단한 이야기다. 이야말로 집중에 관한 것이고 몰아의 경지를 말해 주는 증거다. 참으로 놀랍다. 얼마나 오랫동안 한자리에 앉아 있었으면 방석에 궁둥이 자죽이 다 생겼을까. 선생의 말년에는 하루 24시간 가운데 2시간 정도 자고 나머지 22시간은 깨어서 지냈다고 한다. 그것은 그냥 깨어 있는 게 아니고 고통으로 깨어 있는 시간이다. 그런 시간이면 진통제로 버티며 무슨 일인가를 했다고 한다.

무슨 일을 했을까. 평생 글을 썼으니 글을 썼을 것이요 생각으로 오로지 살았으니 생각의 숲속을 걸었을 것이다. 선생의 인생 말년에 다양한 장르의 책이 출간되었고 소천한 뒤에도 여러 권의 책이 나왔다. 이것들은 모두 선생이 말년의 인생에서 노력한 결과물이다.

나는 짐작할 수 있다. 왜 그토록 선생이 질병의 고통 속에서도 쉬지 않고 책을 읽고 생각하고 글을 썼을까. 오히려 그것은 고통을 이기고 잠재울 수 있는 유일한 처방이란 걸 선생이 이미 깨달아 알았기 때문이다. 사람은 자기가 좋아하는 일을 할 때 기쁨을 얻게 된다.

바로 그것이다. 그 기쁨이 그 사람을 보다 싱싱하게 하고 그 사람을 살리는 에너지가 되어 준다. 그러기에 선생은 항암 치료를 거부한 채 10년을 자기가 하고 싶었던 일, 자기가 좋아하는 일을 하면서 인생의 말년을 살았던 것이리라.

어찌 보면 이어령 선생의 평생의 주제는 "메멘토 모리" (Memento mori)일 것이다. 메멘토 모리. 너의 죽음을 기억하라, 너도 반드시 죽는다는 것을 기억하라, 라는 뜻이다. 우리가 아는 바와 같이 이 말은 라틴어로 고대 로마 시대 장군이 전쟁에서 개선하여 행진할 때 노예를 시켜 뒤에서 크게 외치게 했다는 말이다. 전쟁에서 승리했다고 너무 우쭐대지 말라.

정말로 그러하다. 이 세상 어떠한 사람, 어떠한 생명도 종말이 없는 존재는 없다. 태어난 생명은 언젠가는 사라지도록 되어 있다. 그래서 생명이 생명이다. 사람은 그 끝날, 죽는 날을 알아야 한다. 비록 우리가 그 끝날을 명시적으로는 알지 못하더라도 끝날이 있다는 것만은 알고 있어야 한다.

그렇다면 어찌해야 하나? 최선을 다해, 열심히, 자기가 하고 싶은 일을 하면서 살아야 한다. 끝내 여한이 없어야 한다. 자기가 죽는 날이 있다는 것을 알고 사는 사람의 삶과 그렇지 않은 사람의 삶은 무엇이 달라도 많이 다를 것이다.

이러한 전제 아래 가장 충실했던 분은 이어령이다. 그러기에 이어령은 내 일생의 스승인 것이다. 스승 가운데서도 인생의 후반부, 정리하고 사라지는 법을 가르치고 몸소 실천해 보여 준 스승이다. 내 비록 딱 한 번뿐이었지만 김남조 선생의 안내로 이어령 선생을 직접 만나고 그분의 이야기를 현장에서 들을 수 있었던 것은 행운 가운데 행운이었다 할 것이다.

모른다는 말을 그는/ 평생 모르고 살았다// 모른다는 말은 그에게/ 수치였으며 패착이었으니까// 인생의 종반에 가서야 겨우/ 죽음과 사랑에 대해서만은// 모른다고 정말 모른다고/ 어린아이처럼 고백했다// 가전제품 가게 주인이/ 골동품 가게 주인으로 바뀌는 순간// 정말로 아는 것이 무엇인가를/ 아는 사람만이 가능한 일이었다.

- 나태주, "정말 모른다고 - 이어령 선생" 전문

시의 아버지
- 박목월 -

1. 첫 시인

시인 박목월은 나의 일생에서 지울 수 없는 인물이다. 운명적인 인물이요 무조건의 인물이다. 눈감고 따르는 맹종이거나 숭배의 개념이라 그럴까. 첫 번째 시인이다. 김소월이나 윤동주에 앞서 만난 시인이다. 박목월은 그 자체가 나의 일생을 두고 꾸는 긴 꿈과 같다. 결코 깨어날 기미가 없는 꿈 말이다.

가끔 나는 시를 가리켜 '바이러스'라고 말하곤 한다. 일단 감염되면 치유 방법이 없는 바이러스. 치유 방법은 오직 한 가지다. 열심히 시를 쓰고 멀리 시의 길을 따라가는 길밖엔 없다. 오늘에 와 생각해 보면 내가 박목월이라는 시의 바이러스에 감염된 것은 일생의 행운이었는지도 모른다.

1958년. 내 나이 13세. 서천중학교 2학년 학생이던 해다. 그해 가을 하굣길에 나는 눈을 크게 다쳐 몇 달 동안 학교에 다니지 못했다. 그런대로 치료되어 학교에 다시 다니게 되었을 때 아버지는 한 달에 쌀 몇 말을 주는 조건으로 서천 읍내의 한 집에 하숙을 얻어 주셨다.

그 집은 일본 사람들이 살던 적산 가옥인데 방이 아주 크고 천장이 높으며 바닥은 다다미로 되어 있었다. 방에 들어오면 이불을 뒤집어쓰고 앉아서 공부해야 할 정도로 추웠다. 다행히 함께 하숙 생활 하던 동급생 친구가 있었다. 허근이란 이름의 남자아이.

장남인 나와는 달리 허근은 여러 형제 사이에 막내로 태어난 아이. 위로 형들이 많았고 우리 집보다는 문화적 환경이 좋았다. 그 허근이란 아이가 자기 집에 있는 책에서 베꼈다면서 글 하나를 읽어 주었다. 그 글이 바로 박목월 시인의 "산이 날 에워싸고"란 시.

나중에 안 일이지만 그 글은 《청록집》이란 시집에서 베낀 시라는데 나는 그때 《청록집》도 '시집'이란 것도 '박목월'이란 시인 이름도 아무것도 모르는 숙맥 같은 아이였다. 그러나 그 글은 대번에 나의 가슴에 철렁 강물이 되어 들어왔다.

"산이 날 에워싸고/ 씨나 뿌리며 살아라 한다/ 밭이나 갈며 살아라 한다." 치렁치렁한 가락이 좋았고 애상이 좋았다. 좋다는 데 무슨 분명한 이유가 있겠는가. 그냥 좋았다. 어린 나이에도 나의 생각과 느낌이 왜 여기에 먼저 와 있지, 그런 감회가 분명 있었으리라.

아, 세상에는 이렇게도 서럽도록 아름다운 문장이 다 있구나! 나는 제발 내가 이런 글을 쓰는 사람이 되고 싶었다. 내가 만약 시인의 꿈을 처음 가졌다면 바로 그 순간이고 그 계기는 단연 박목월 시인의 이 시, "산이 날 에워싸고"라고 하겠다.

서천중학교를 졸업하고 공주사범학교 학생이 되었다. 이 학교는 고등학교인데 졸업하면 바로 초등학교 교사가 되는 학교다. 초등학교 교사는 아버지의 소원이기에 나는 억지로 들어온 그 학교에서 사춘기 열등 의식과 갈등을 심하게 앓았다.

나는 단순히 초등학교 교사가 되어 살고 싶지 않았다. 정말로 내가 되고 싶은 사람은 어떤 사람일까? 고민 끝에 나는 시인이 되기로 했다. 그것이 고등학교 1학년 때인 1960년, 내 나이 15세 때. 이전엔 전혀 상상도 하지 못했던 일이다. 돌연변이 같은 거라고나 할까.

이유가 전혀 없었던 건 아니다. 사범학교 1학년 때 사무치게 좋아하는 동급생 여자아이가 있었다. 그 아이를 바라보는 것이 유일한 즐거움이요 보람이었다. 그러나 나는 그 소녀를 좋아하는 마음을 어떻게 표현해야 하는지 알지 못했다.

그 마음을 그냥 놔두면 내가 못 견딜 것만 같았다. 어떻게 하든지 그 마음을 밖으로 꺼내 주어야 내가 살 것 같았다. 그래서 학교 공부는 뒷전이고 시를 읽고 시를 베끼고 시를 외우는 일로 하루하루를 살았다. 그렇게 하여 다시 만난 것이 박목월이고 또 한용운이고 신석정이고 김소월과 윤동주였다.

다행히 공주는 문화 시설이 좋았고 서점도 많았다. 특히 고서점이 많았다. 고서점 순례와 시 읽고 베끼기는 나의 또 다른 공부였으며 고서점은 그 자체가 또 다른 학교였다. 뿐더러 내가 다니던 공주사범학교의 주변 환경이 좋았고 학교 교육 또한 예술적 분위기가 다소 있어서 좋았다.

본격적인 시 쓰기 공부에 교과서 역할을 해 준 책은 역시 박목월 시인의 자작시 해설서인 《보랏빛 소묘》(신흥출판사)란 책이다. 이 책은 1959년도 출간된 책으로 처음 시를 쓰는 사람에게 아주 좋은 참고서다. 어떻게 시를 시작하고 어떻게 시의 발길을 옮겨야 하는가에 대해 상세하고도 친절한 안내가 들어 있는 책이다. 일찍이 내가 이 책을 만난 것 또한 행운이었다 할 것이다.

2. 신춘문예 당선

공주에서의 3년, 사범학교 시절 나의 공부는 한 소녀를 가슴에 품고 꿈을 꾼 날들로 온전히 채워진 채, 완전히 실패로 끝나고 말았다. 그 대신 시인이 되겠다는 꿈이 새로 생겼다. 초등학교 교사가 되겠다고 들어간 학교에서 엉뚱하게도 시인의 꿈을 꾼 나에 대한 주변의 눈길은 결코 호의적인 것이 아니었다.

특히 아버지의 실망은 대단했다. 당신이 초등학교 교사가 되는 꿈을 아들인 나를 통해 이루고 싶었는데 그게 잘되지 않았기에 그러셨을 것이다. 하지만 나는 운 좋게도 사범학교를 졸업하고 1년 뒤, 19세의 나이에 초등학교 교사로 발령받아 62세, 정년 퇴임의 날까지 교직 생활을 하면서 살았다. 결국 아버지의 꿈대로 산 셈이다.

공주에서 시에 대한 꿈을 가진 이래 박목월 시인의 시는 내 시의 기준이 되었고 박목월 시인은 내 마음의 스승이 되었다. 한번인가는 박목월 선생을 직접 뵙고 싶어 서울에서 전화를 드린 일이 있다. 그것은 1963년 5월의 어느 날. 공주사범학교를 졸업하고 교직 발령을 기다리며 살던 때. 서울에나 한번 가 보자 그래서 서울 외숙네 집에서 식객으로 머물던 때다.

그때 나는 〈현대문학〉 잡지에 실린 문인 주소록을 떼어 가지고 가서 거기에 나온 전화번호대로 내가 좋아하던 시인들에게 전화를 걸고 주소지를 찾아 직접 방문하기도 했다. 직접 만나 본 경우는 서정주 시인과 한하운 시인. 그리고 전화 통화만 한 시인은 박목월 시인과 조병화 시인과 고은 시인.

박목월 선생에게 전화를 걸었을 때 박목월 선생은 굵고도 부드러운 음성으로 시골에서 올라온 문학 지망생에게 여러 가지 도움 말씀을 주셨다. "사범학교를 졸업한 사람이라니 곧 교사 발령이 날 것이 아닌가. 그렇다면 서울 같은 데서 방황하지 말고 좋은 책이라도 몇 권 사서 시골로 돌아가 책이나 차분히 읽으며 발령을 기다리게."

전화를 마친 다음 나는 선생의 말씀대로 소모적인 서울 떠돌이 생활을 접고 고향 집으로 돌아가야 하겠다는 마음이 생겼다. 선생의 말씀은 그때부터 나에게 무조건 순종해야만 되는 것이었다. 그러나 박목월 선생을 직접 만나는 시간은 쉽게 찾아오지 않았다. 상당한 인생의 시련과 세월을 거쳐서만 그것은 가능했다.

정말로 내가 선생을 만난 것은 1971년 1월 12일. 서울신문 신춘문예 시상식장에서였다. 나는 당선자였고 선생은 심사위원이었다. 박남수 선생이 함께 심사위원이었다. 이게 얼마 만의 일인가? 그것은 소년이 시인이 되겠노라, 어이없는 꿈을 지닌 지 10년쯤 지난 뒤에 일어난 일이었다.

나의 당선작은 "대숲 아래서"라는 시. 그러나 이 작품의 처음 이름은 "소곡풍"(小曲風)이다. 그걸 심사위원인 박목월 선생이 고친 것이다. 나중에 선생을 뵈러 서울시 용산구 원효로 4가 5번지 선생의 댁에 찾아갔을 때 선생은 그 이유를 밝혀 주셨다.

"내가 제목을 고쳤네. '소곡풍'이란 제목은 너무나 작아서 그런 제목으로는 신춘문예 당선작으로 할 수 없어. 나중에 시집을 낼 때는 본래 제목으로 돌아가도 좋겠네." 말하자면 나의 서울신문 신춘문예 당선작은 나 혼자만의 작품이 아니라 박목월 선생이 함께 써 준 공동 작품인 셈이다. 그만큼 박목월 선생은 나의 작품에 애착을 가졌던 셈이다.

그날 선생이 나에게 들려주신 한 말씀이 오늘껏 잊혀지지 않는다. "나군. 나군은 앞으로 서울 같은 데는 올라올 생각을 말고 시골에서 시만 쓰게나." 그건 또 무슨 뜻의 말씀이었을까? 왜 세상 사람들은 한사코 서울로 올라가서 살려고 애를 쓰는데 왜 나더러는 서울 같은 데는 올라올 생각도 말고 시골에서 시만 쓰며 살라 그러셨을까?

선생의 깊은 뜻을 알기까지는 역시 나에게 시간과 연륜이 필요했다. 거기에는 선생 스스로 반성과 약간의 회한이 숨어 있지 않았나 싶다. '내가 일생을 살아 보니 그래도 시골에 살면서 시만 쓰던 시절이 가장 보람 있고 행복했다네. 그러니 자네는 나처럼 서울로 올라오지 말고 시골에서 살면서 시만 열심히 쓰게나.' 그런 충고의 말씀이 아니었나 싶다.

실상 나는 무능하여 서울로 올라가지 못한 사람이다. 그리고 기회가 주어지지 않아 서울 사람이 못 된 사람이다. 더불어 다른 능력이 없어 일생 시만을 고집하며 산 경우다. 결국은 선생의 충고와 가르침을 그대로 따른 셈인데 어쨌든 이것은 잘된 일이 되었다. 오늘날의 나의 원점을 찾을 때 가장 중요한 키워드가 '시골'과 '시'이기 때문이다. 오늘에 이르러 선생께 새삼스레 감사한 마음이다.

3. 첫 시집 《대숲 아래서》 서문

내가 1971년도 서울신문 신춘문예에 당선되어 시인이 된 일은 나의 인생에서 매우 중요한 사건이 되었다. 시들시들 고사(枯死)하던 한 인간이 그로 인해 소생하는 원동력이 되었기 때문이다. 또 당시로서는 일개 초등학교 교사일 뿐인 시골 젊은이가 중앙의 일간지 신춘문예를 통해 시인으로 등단한다는 것은 매우 드문 일이었기도 했기 때문이다.

이렇게 내가 어렵게 신춘문예를 통해 시인으로 데뷔할 수 있었던 데는 그 나름 원인과 도움을 준 인물이 있었다. 그것은 다름 아닌 실연이었다. 1969년 육군에서 제대하여 복직한 나는 그 학교에서 마음에 드는 여교사를 만나 그녀에게 프러포즈했으나 거절당한 채 심한 절망을 느끼고 허우적대다가 다시금 살고 싶은 소망으로 시를 쓰기 시작했던 것이다.

그러니까 처음 시를 쓰기 시작한 것도 한 여성을 좋아하게 된 것이 원인이 되었고, 10년 뒤 시인으로 데뷔하게 된 것도 또 다른 여성을 좋아하게 된 데서 비롯되었다. 그러고 보면 내 시의 원천은 여성이고 여성을 좋아한 마음이고 끝내 그 여성을 통해 이루어진 마음이 아니라 실패하고 버림받은 마음이었던 것이다.

살고 싶다. 나도 살아남고 싶다. 바닥까지 내려간 자아 정체감이 시를 불렀고 시가 화답하여 나와 같이 전문적인 문장 수

업도 부족하고 대학교도 나오지 못한 젊은이가 시인으로 등단하게 된 것이다. 그러함에 있어 박목월 선생의 혜안과 결단이 깊게 작용했다. 말하자면 운명적인 만남이 거기에 있었다.

"그의 자연관조적 동양적인 서정 세계는 이미 우리에게 친숙한 것으로 그것을 당선작으로 밀기에는 주저하지 않을 수 없었다. 하지만 오늘날 현대시의 혼탁한 번역조 시풍(詩風)의 풍미(風靡)와 생경한 관념적인 무잡성(蕪雜性), 응결력이 약화된 장황한 장시의 유행 속에서 시류(時流)에 초월하여 잃어져 가는 서정의 회복을 꾀하고 시의 본도를 지켜 침착하게 자기의 세계를 신념하는 그의 작품이 오늘날 우리 시단의 반성적인 계기가 되리라는 뜻에서 과감하게 당선작으로 밀어 본다. 앞날의 정진을 바란다."

이것은 박목월 선생의 1971년도 서울신문 신춘문예 심사평이다. 이 얼마나 눈부시도록 아름답고 과감한 칭찬인가! 당시 나는 너무나 생각이 옹졸하고 비천하여 이런 말씀의 깊은 뜻을 헤아려 이해하지 못했지만, 두고두고 이런 상찬의 말씀은 내 시인의 길에 꺼지지 않는 등불이 되었고 마르지 않는 기름이 되었다.

일단, 시단에 등단하면서 나는 새로운 인생을 꿈꾸었고 새로운 하루하루 새로운 일상을 지향했다. 이전에 보지 못하던 한 젊은이의 삶이 나타난 것이다. 그러나 그것은 내가 시에 뜻을

둔 이래 그렇게도 살아 보고 싶었던 나의 인생이었고 내가 되어 보고 싶었던 나의 모습이었다.

새로운 시들이 쓰이고 시집 한 권 분량이 되었을 때 나는 박목월 선생을 다시 찾아가 시집 출간의 뜻을 알리고 서문을 써 주십사 청했다. 예상했던 대로 선생은 흔쾌히 시집 서문을 내려 주셨다. 신춘문예 심사평에서와 마찬가지로 선생의 서문은 더욱 눈부신 내용이었다. 처음부터 끝까지 기대와 칭찬으로 가득했지만 말미 부분의 가령 이런 문장은 세상에 더도 없는 날개였다.

"나군은 한국의 전통적인 서정시를 계승하여 오늘의 것으로 빚어놓은 희귀한 시인이다. 묵은 가지에 열리는 그의 알찬 열매는 어느 것이나 오늘의 것으로서의 참신성과 신선미를 잃지 않고 있다. 그런 뜻에서 그의 작품은 누구에게나 친근감과 신선감을 베풀어 주리라 확신한다"(박목월, 나태주 시집 《대숲 아래서》[예문관, 1973] 서문).

나는 지금까지 어떤 시집에서도 이토록 아름답고도 분명한 어조로 쓴 서문을 본 일이 없다. 이것이야말로 박목월 선생이 나에게 주신 가장 아름답고도 귀한 축복이요 빛나는 선물인 셈이다. 그러므로 나는 시인으로서 앞으로 나아가는 길에 얼마큼의 고난이 있고 굴곡이 있다고 해도 충분히 그것을 이겨 낼 힘을 얻고 용기를 받았던 것이다. 나의 시인 일생은 이렇게 박목월 선생과 동행하는 길이 되었다.

4. 결혼식 주례

박목월 선생과의 인간관계는 그쯤에서 끝난 게 아니라 결혼식 주례까지 이어진다. 그러니까 신춘문예 심사를 통한 문단 등단, 첫 시집 서문, 결혼식 주례까지 삼중의 은혜를 입은 것이다. 나로서는 달리 주례를 부탁드릴 만한 분이 없었다. 오로지 박목월 선생 한 분뿐이었다.

이런 나의 마음을 아시기나 했을까. 선생은 조금의 망설임도 없이 그러자 단번에 승낙하시고 결혼식 주례를 맡아 주신 것이다. 결혼식 장소도 서울에서 멀리 떨어진 나의 고향 서천의 장항읍 미라미예식장이란 곳이었다. 나로서는 하늘을 나는 듯한 기쁨이었다. 약간은 늦은 나이 결혼하는 것도 기쁘지만 박목월 선생이 주례를 서 주시는 일이 더욱 기쁘고 의미 있는 일이었다.

박목월 선생이 주례를 서 주시는 바람에 결혼식이 한결 격이 높아졌다. 소식을 듣고 서울의 박재삼 시인이 내려오고 대전의 박용래 시인, 최원규 시인이 동석해 주고 공주사범학교 시절의 은사인 윤야중 선생이 결혼식에 동참해 주시었다. 그 바람에 아버지도 모처럼 만족해하시는 듯했다. 고등학교 시절부터 시 쓰는 일을 인생의 중심에 두고 살아온 아들에 대한 의심과 불만이 조금쯤 해소되었다는 말이다.

선생은 그때 54세. 그러나 이미 노인의 모습을 보였다. 말씀도 그렇고 걸음걸이도 그렇고 식사하시는 것도 그랬다. 피로연으로 마련한 막동리 우리 집에서의 식사 자리에서도 부침개 몇 조각으로 점심 식사를 대신하시는 걸 보면서 안타까운 마음이었다. 그런데도 마땅히 드렸어야 할 차비도 못 드리고 답례도 제대로 못하고 말았으니 내나 아버지나 주변머리 없음이요 그만큼 가난했음이다.

하지만 선생은 정말로 그러한 우리의 응대에 대해 전혀 불편한 표정을 보이지 않으셨다. 오로지 순수하고 기쁜 마음으로 나의 결혼을 축하해 주시었다. 선생의 가치 척도가 현실이나 물질에 있지 않고 시에 있기 때문에 그러셨을 것이란 생각이다.

"내가 생각하기에는 이 나군이 시골에서 독학을 하다시피하면서 문단에 등단한다는 것은, 이것은 대단한 어려운 일의 하나입니다. 더구나 그가 두메산골에서 교편을 잡아 가면서 그의 작품을 혼자서 연마시켜 가지고 우리 문단에 자기 혼자의 힘으로 등단해 가지고 또한 오늘날의 그 같은 어떠한 지위를 획득한다는 것은, 이는 그 나군 자신의 충분한 노력이 뒷받침하지 않고서는 가능하지 않습니다만, 허지만(하지만) 그 이상으로 그에게 있어서는 천 사람 만 사람 가운데 하나일 수 있는, 그 이상의 많은 사람 중에 하나에 하나일 수 있는 남다른 뛰어난 재질을 가졌습니다. 나 자신 서울 생활에 대단히 바쁩니다. 바쁜데 나군의 혼례식에 주례를 맡게 된 것은 나군이 가지고 있는 앞으로 대성할 수 있는 가능성에 대해서 나 자신 사랑하고 두려워하고 존경하고 구하게(귀하게) 여기기 때문에 이 자리에 일부러 내가 멀리서 왔습니다."

이것은 선생의 주례 말씀을 소형 녹음기로 녹음해 두었다가 문장으로 풀어낸 내용 가운데 일부분이다. 좀 길지만 의미상 중간에서 자를 수 없어 길게 인용했다. 보면 결혼식 주례사라기보다 젊은 시인 한 사람 소개하는 문단 행사의 인사 말씀 같다. 그만큼 선생은 나의 시인적 자질과 미래를 좋게 보아 주셨던 것이고 또 그만큼 축복을 내려 주신 것이다.

나로서 문학을 시작하면서 박목월 선생의 시와 책을 처음 읽고 드디어 10년 만에 선생을 만나 등단하고 시집 서문을 받고 결혼식 주례까지 받은 일은 인생 최대의 축복일 뿐만 아니라 시인으로서도 이미 절반의 성공을 이룬 셈이다. 어찌 일생의 스승이 아니요, 은인이 아닐 수 있으랴.

감히 나는 박목월 선생을 내 문학의 아버지, 시의 아버지라고 부른다. 물론 육신의 아버지가 계시다. 나승복 님. 그분에 이어 박목월 선생은 또 한 분의 아버지가 되시는 것이다. 그뿐이 아니다. 나에게는 영혼의 아버지도 계시다. 하나님. 그래서 나에게는 세 분의 아버지가 계시다. 이 얼마나 든든한 마음인가. 앞으로도 나는 이 세 분의 아버지를 등에 업고 남은 인생을 나름대로 천천히, 정성껏 살아갈 것이다.

그나저나 박목월 선생님. 문단 생활을 하면서 나에게 '나군'이라고 불러 주셨던 유일한 분. 그 부드러우면서도 깊고도 엄한 눈빛. 경상도 어투에다가 서울말을 묘하게 버무린 듯한 정답고도 특별한 말씨. 나, 어디 가서 다시 그런 분을 만날 수 있으랴. 어느 강을 건너서. 어느 바다를 넘어서. 날이 갈수록 그립고 그리운 선생님이시다.

(아래에 인용한 시들은 1978년 박목월 선생이 소천하신 이후에 선생을 그리워하며 남긴 나의 문장들이다.)

원효로 4가 5번지/ 대문을 밀고 들어서면/ 언제나 거기 그렇게 계시려니 하던 그분,/ 언제나 따습고 커다란 손으로 맞아주시려니/ 여기던 그분,/ 한 번 큰절이 아니라/ 두 번 큰절로 마지막 뵈오러 가는 길/ 이제 이 길목도 마지막이구나 싶어/ 더듬더듬 막걸리집에 들러/ 막걸리 한 사발씩 사서 마시며 가는 길/ 주인은 가셨어도/ 상가 뜨락 구석지/ 새봄맞이 군자란은/ 탐스러운 꽃대를 올리고 있었다. (1978.03.24.)

- 나태주, "군자란-박목월 선생을 마지막 뵙고" 전문

1. 목월(木月) 선생 안 계신 서울 가서 무엇 하나?/ 당신은 인자하고

   다정했던 내 시의 아버지/ 당신으로 하여 문이 열린 나의 시와

   나의 서울/ 노을에 물든 북쪽 하늘 향해 고개 떨군다.//

2. 이제 새삼스레/ 그 누굴 사모하여 밤을 새우랴/ 초집 흙 바람벽

   에 기대앉아서/ 앞산의 눈썹/ 살가운 아가씬 양 다가드는 날,//

   이제 새삼스레/ 그 누굴 못 잊어 촛불 밝히랴/ 붓끝으로 후비고

   심근 인연/ 처마 밑 울파자 밑/ 제비의 인연. (1979.04.12.)

   - 나태주, "그리며" 전문

아, 어머니
- 김남조 -

오랫동안 글을 쓰고 글을 읽어 왔으니 김남조 선생의 글을 읽고 또 멀리서 뵙기도 했을 것이다. 그렇다. 김남조 선생은 나에게는 접근하기 어려운 분이었다. 멀리서만 뵈었다. 마치 희랍 신화에 나오는 여신 같은 분. 대리석을 조탁한 것 같은 분. 신성불가침 같은 분이었다.

그런 김남조 선생을 가까이 뵙기 시작한 것은 아이러니하게도 나의 병으로써였다. 그전엔 아주 많은 가운데 하나인 시단의 후배 시인쯤으로 알고 계셨을 것이다. 그런데 내가 2007년 갑자기 죽을병에 걸려 병원에 던져졌을 때 선생이 나에게 관심을 보이기 시작했고 그 뒤로 친밀한 관계가 형성되었다.

어쩌면 선생이 가진 모성 본능이 나에게 작용했을지도 모르는 일이요 만물을 안쓰럽게 여기는 마음이 본래 선생의 마음 바탕이어서 그랬는지도 모를 일이다. 휠체어 신세를 지시는 분이 멀리 대전의 병원까지 문병을 오시고 또 서울의 병원

171

으로 옮겼을 때는 가장 먼저 전화를 주시고 또 면회를 오시기도 했다.

참으로 황망했던 내 인생의 한 페이지. 선생과 함께했던 날들이 불행하고 고통스럽기는 했지만 한편으로는 다행스럽고 고마운 마음 없지 않다. 개인적으로 은혜 입은 바가 많음을 고백하지 않을 수 없다.

우선 대전의 병원에 입원했을 때 선생은 병문안 오기 전부터 인편으로 당신의 관심과 당부를 보내왔다. 첫째, 서울로 병원을 옮기는 게 좋겠다. 둘째, 나태주는 아직 꺾이지 않을 때이니 걱정하지 마라. 셋째, 열은 얼마나 높은가? 넷째, 끝까지 정신을 놓지 않도록 해라.

끝내 선생이 병문안 오신 날, 나는 그대로 선생을 맞을 수 없어 병원에 들어와 느끼고 겪은 일들을 몇 편의 시로 엮어 선생께 드렸다. 물론 정신이 온전히 깨어나지 않아서 엉성한 작품이었지만 선생께 마음의 선물을 드리고 싶었다. 환자로부터 시 선물을 받고 선생이 많이 기뻐하셨다. 그 작품이 기반이 되어 나는 병원에 입원한 상태로 창작 시집 한 권을 내는 사람이 되었으니 이 또한 놀라운 일이 아닐 수 없다.

석 달 가까이 대전의 병원에서 치료했으나 끝내 차도가 없어 서울의 대형 병원으로 옮기고자 가퇴원 수속 상태로 구급차를 대절해 서울아산병원으로 향했다. 그러나 우리 가족은 너무나 세상 물정을 모르는 사람들이었다. 당일 입원이 가능할 줄 알았는데 어림없는 일이었다.

한나절 이상 병원 주변을 헤매며 어쩔 줄 몰라 할 때 나는 어이없게도 선생을 간절하게 생각하고 있었다. 이건 또 어쩐 어리광인가. 김남조 선생만 같으면 이런 때 분명히 도와주실 것 같다는 생각 말이다.

그러나 우왕좌왕 끝에 당일 입원을 했다. 2인실. 그것은 2007년 5월 25일 저녁 시간. 혼미한 상태로 침대에 널브러졌을 때 아내의 핸드폰이 울렸다. 놀랍게도 김남조 선생의 전화였다. 아내에게서 핸드폰을 옮겨 받았을 때 선생은 말씀했다. "나 선생. 아침부터 걱정이 돼서 참고 있다가 전화 걸었어요. 별일 없는 거지요?" 나는 서울아산병원 2인실에 입원해 있음을 말씀드렸다.

선생은 전화를 길게 하지 않는다. 알았노라, 내일 가겠다고 말하고 전화를 끊었다. 선생의 전화가 끊어졌을 때 나의 입에서는 자그만 탄식 소리가 절로 나왔다. "아, 어머니!" 그리고 나는 흐느껴 울었다. 울고 있는 나의 등을 아내가 쓰다듬어 주었다. 고립무원 상태에서 누군가 한 사람의 관심과 응원이 그럴 수 없이 고마웠던 것이다. 그다음 날 오전 피천득 선생이 소천했다면서 서울아산병원 영안실 가기 전에 나의 병실을 김남조 선생이 방문하셨음은 두말할 것도 없는 일이다.

그나저나 선생은 어떻게 그날 하루 종일 내가 그토록 방황했고 선생을 또 마음속으로 그토록 애타게 생각한 것을 아셨을까? 사람에겐 예감이란 것이 있고 또 특별한 사람에겐 영감이란 것도 있다는데 선생이야말로 바로 그런 분이 아닐까?

선생은 우리 어머니와 자치동갑, 한 살 차이다. 그래 그런지 나는 그 뒤로는 고향에 어머니가 계심에도 불구하고 김남조 선생을 또 다른 모친으로 생각하며 살았다. 선생은 깊은 통찰과 혜안으로 나의 앞길을 열어 주셨다. 몇 차례의 문학상 수상의 기회를 주셨고 내가 한국시인협회장의 일을 맡는 데도 오세영 교수와 함께 앞장서서 도와주셨다.

그뿐이 아니다. 공주시에서 풀꽃문학관 설립 때에도 선생의 도움이 지대하게 작용했음을 나는 기억한다. 공주에서 선생과 토크 쇼를 한 일이 있는데 그 자리에서 선생이 풀꽃문학관의 설립을 강하게 주장하면서 나태주가 서천 출신인데 서천으로 가면 공주 사람들 어쩔 거냐고 말씀하셨던 것이다. 그런데 마침 객석에 대학 교수 출신인 공주 시장이 청중으로 있었던 것이 주효했다.

토크 쇼 행사를 마치며 서울로 가실 때, 선생은 나의 손에 손깍지를 끼면서 이렇게 말씀하셨다. "이제 우리는 남이 아니야." 비록 타고난 육친은 아니지만 육친애를 느낀다는 것을 그렇게 표현하신 것이리라.

나는 선생을 가깝게 만나 오면서 여러 가지 좋은 말씀을 많이 들었다. "시는 시기심 많은 신과 같아서 딴 집에서 놀다가 오면 대문에 빗장을 걸고 열어 주지 않는다." 이것은 1999년 예산 수덕사에서 열린 만해축전에서 들려주신 말씀이다. "사람은 젊어서는 자기가 사랑하는 사람이 보고 싶고 늙어서는 자기를 사랑해 준 사람이 보고 싶어진다." 이것은 또 2020년, 내가 한국시인협회장이 된 것을 축하하기 위한 식사 자리에서 들려주신 말씀이다.

어찌 학교에서 배운 선생님만 선생님이랴. 세상살이 하는 가운데 좋은 가르침을 주는 분은 모두가 스승이다. 어찌 육친만 육친이랴. 살면서 좋은 인간관계를 맺고 서로 도움을 주고 마음으로 의지한 사람이라면 그 사람이 또 다른 육친이요 형제이지.

선생이 소천하신 것은 2023년 10월 10일이다. 그때 나는 심한 충격과 슬픔을 느꼈다. 아, 김남조 선생님도 결국은 가시는구나. 언제까지나 우리 곁에 변함없는 모습으로 계실 줄 알았던 분. 서울아산병원 장례식장에서 영결식을 할 때도 선생의 대표 시 "겨울 바다"를 낭독하며 나는 소리 내어 울었다. "선생님 편히 가세요. 저희도 따라가겠습니다. 갔을 때 거기서 새로 쓰신 시를 읽어 주십시오." 이것은 내가 시를 낭독하고 선생님에게 마지막으로 드린 말씀이다.

선생님과 같은 하늘을 이고/ 같은 땅 위에서 같은 나라 같은 말을 쓰면서/ 같이 시를 쓰는 사람이어서 좋았습니다/ 살아서 여러 번 뵙고/ 즐거운 이야기 시의 이야기 많이 나누고/ 사랑까지 베풀어 주시어 참 좋았습니다// 육신의 어머니는 아니지만/ 마음의 어머니 시의 어머니/ 영혼의 어머니// 더 많은 사람의 이웃이요/ 진정한 위로자이자 벗이요/ 마음의 파수꾼/ 이제 아흔여섯 해 지상의 생명을 다하고/ 하나님 부르심 받으셨으니// 안녕히 가시어요/ 함께한 날들이 모두가/ 꽃밭이었고 축제였답니다/ 당신이 세상에 먼저 시인이셔서/ 저희도 따라서 시인이고 싶었고/ 자랑스러운 시를 쓰고 싶었답니다// 안녕히 가시어요 어머니/ 지상에서 살며 육신으로 아프셨으니/ 하늘나라에 가서는 아프지 마시고/ 이제는 지팡이 놓고 휠체어 놓고/ 편한 걸음으로 천천히 하늘나라 가시어요// 다시 뵙는 날 기쁘게 웃겠지요/ 다시 뵙는 날 그 나라에서/ 새로 쓰신 시 차근차근 읽어주시어요/ 어머니 어머니 시의 어머니.

(2023.10.10.)

- 나태주, "시의 어머니-김남조 선생님 소천에" 전문

"나의 마음을 맡아 준 사람들에게
고마운 마음을 가진다. 아니, 미안한 마음을 가진다.
나는 누구에겐가 자주, 오래 그렇게 짐짝으로 살아온
사람이다. 새삼 고맙고 미안하다. 지금은
과거의 기억 속으로 잊혀진, 누구누구였던가,
이름도 가물가물한 사람들."

3부

조금씩 가까이
가는 마음

사랑에   대하여

인간의 감정 가운데 사랑의 감정처럼 복잡하고 다양한 감정이
또 있을까. 이것인가 하면 저것이고 저것인가 하면 이것인 감
정. 실체가 있는 것 같기도 하고 실체가 없는 것 같기도 한, 그
변덕스러움의 극치.

사랑, 도대체 우리더러 어쩌란 말인가! 순간적으로 우리를
천국에 이끌기도 하고 천 길 나락으로 떨어뜨리기도 하는 장난
꾸러기 같으니. 그 예측불허. 정말로 사랑은 사람을 비루하게
만들기도 하고 거룩하게도 만들기도 하는 마술사다.

그야말로 사랑은 천 개의 얼굴. 그 천 개의 얼굴로 우리를 시
시각각 유혹한다. 우리는 그동안 살면서 얼마나 오래, 또 얼마
나 자주 사랑의 손길에 붙들려 고꾸라지기도 하고 일어서기도
했던가.

사랑은 과연 우리에게 구원이었던가. 함정이었던가. 구원이
면서도 함정이었던 사랑. 이 세상 사람 가운데 사랑의 정체를

분명히 알고 사랑하는 사람은 별로 없었을 터. 다만 그 이끌림. 다만 그 애매모호. 안개 지역. 그것이 사랑이었을 테니까.

서양 사람들은 사랑을 에로스(eros), 아가페(agape), 필리아(philia)로 나누어 설명하고 싶어 하는데 그것도 사랑을 제대로 설명하는 데는 효과적인 방법이 아닌 성싶다. 또 우리네 선인들은 사랑을 생각, 생각의 양과 깊이, 사량(思量)쯤으로 자리매김했다는데 그 또한 사랑을 제대로 말해 주는 데는 부족한 것 같다.

그렇다면 사랑은 진정 인간이 도달하기 어려운 허방다리란 말인가. 무지개란 말인가. 사랑이 비록 허방다리요 무지개에 불과하다 해도 좋다. 우리는 한순간도 사랑의 마음 없이는 목숨을 부지할 수 없는 나약한 존재들이니까.

"나는 사랑이 머리에서 가슴으로 내려오는 데 70년이 걸렸답니다." 차라리 김수환 추기경님의 이러한 솔직하면서도 수줍은 고백이 훨씬 더 설득력을 얻는 대목이 이쯤일 것이다.

사랑이야말로 인생의 참된 에너지. 끝까지 버리지 못할 마지막 소망의 나라. 사랑으로 최초의 인간관계가 시작되고 사랑으로 최후의 인간관계가 완성된다. 모든 현자나 인류 스승의 말씀이 사랑 그것에 초점이 가 있지 않던가.

예수님의 긍휼(矜恤), 부처님의 자비심(慈悲心), 공자님의 인(仁)이 모두 사랑의 서로 다른 표현일 뿐이다. 어찌 사랑이 나 혼자만의 것으로 충족될 수 있으며 완성될 수 있으랴. 어디까지나 사랑은 너와 함께 시작하며 너와 더불어 끝이 난다.

모름지기 너를 알아야 한다. 너를 찾아야 한다. 너를 우선해야 한다. 소크라테스(Socrates)가 말한 사랑이란 것도 그렇다. 소크라테스는 "사랑이란 나에게 부족한 아름다움을 충족시키고자 하는 갈망"이라고 말했다 하는데 이때 갈망의 대상은 어디까지나 내가 아니라 타인인 것이다.

내가 아무리 좋아도 나 혼자만 좋으면 그것은 사랑이 아니다. 네가 받아 주어야만 사랑이고 네가 좋아야만 사랑이다. 그렇지. 젊어서는 자기의 감정에만 눈감은 나머지 그것이 사랑인 줄 알았지. 그러나 나이 들면서 조금씩 그것이 아니라는 것을 알게 된다면 비로소 그것은 은혜가 되고 축복이 될 것이다.

예쁘지 않은 것을 예쁘게/ 보아주는 것이 사랑이다// 좋지 않은 것을 좋게/ 생각해 주는 것이 사랑이다// 싫은 것도 잘 참아주면서/ 처음만 그런 것이 아니라// 나중까지 아주 나중까지/ 그렇게 하는 것이 사랑이다.

내가 쓴 "사랑에 답함"이란 제목의 시다. 하지만 이것은 매우 불편한 주장이요 권유다. 말이니 그렇지 이런 주문을 그대로 실천할 사람이 이 세상 어디에 있겠는가. 그렇지만 불가능한 대로 그렇게 한번 생각해 보고 노력하자는 얘기다. 그러다 보면 조금씩 가까이 가는 마음이 생기지 않을까.

아무리 생각해 보아도 실체가 잡히지 않고 아무리 반복해도 서툴고 미숙하기만 한 사랑. 인생의 의미와 더불어 사랑 또한 그저 무정의(無定義) 용어로 생각하며 살아가야 하지 않을까 싶다.

"풀꽃" 시

"풀꽃" 시는 나에게 행운의 작품이다. 오직 이 작품 하나로 내가 독자들에게 알려졌으며 심지어 독자들이 나를 '풀꽃 시인'이라 불러 주면서 이 문장을 '국민 문장'이라고까지 과분하게 인정해 줄뿐더러 이제는 이 시가 한국인이면 누구나 사용할 수 있는 공공재(公共財)가 되다시피 했으니 말이다.

이 시가 쓰여진 것은 2002년도인데 이 시가 알려지기 시작한 것은 2012년도부터. 텔레비전 연속극에 들어가고 광화문 글판에 올라가면서부터다. 그 뒤로 두 차례나 광화문 글판에 올라간 글을 두고 독자들의 반응을 물었으나 번번이 이 시가 1위의 자리를 차지하므로 이제는 더 이상 묻지 않는 형편이 되었다.

이 시야말로 나의 자화상 같은 작품이요 평생을 마이너로 산 나의 생애를 보상해 준 문장이라 하겠다. 만약 내가 시골에서 계속 살지 않았고 초등학교 교사를 하지 않아도 이런 시가 쓰여졌을까? 아니다. 이는 오직 내가 시골에서만 살았고 폐교 직전의 시골 학교만 전전하며 교직 생활을 이어 왔기에 가능한 작품이다.

그야말로 시골살이로 이어 온 초라한 나의 인생이 나에게 준 선물이고 시골 학교 아이들이 준 선물이다. 지금까지 여러 차례 문학상을 받았고 교직을 떠날 때 훈장이란 것을 받기도 했지만 "풀꽃" 시는 그 어떤 문학상보다 값진 상이고 그 어떤 훈장보다 귀한 훈장이다.

문학 강연에서 빠지지 않고 나오는 질문이 어떻게 "풀꽃" 시를 썼느냐 하는 것이다. "풀꽃" 시야말로 역설의 미학을 담은 문장이다. 예쁘지 않은 것을 예쁘게 보기 위해서는 '자세히 보아야' 한다는 것이 바로 그것이고, 사랑스럽지 않은 대상을 사랑스럽게 보기 위해서는 '오래 보아야' 한다는 것이 바로 그것이다.

열아홉부터 시작한 초등학교 교사 생활. 어찌 아이들이 처음부터 예쁘게 사랑스럽게만 보였을까? 심지어 교직은 밥벌이로서의 직업이요 시인은 내가 하고 싶어서 하는 본업이라고까지 생각하면서 지낸 날들인데 정말로 그것은 아니었을 터이다.

그러나 많은 세월이 지나 나이를 더하고 교직에서도 교감을 거쳐 교장이 되었을 때 젊어서 평교사로서 바라보던 아이들이 아니고 젊어서 생각하던 교직이 아니었다. 아이들은 꼭 예뻐서만 예쁜 것이 아니고 예쁘게 보려고 해서 예쁜 것이고 사랑스럽게 보기 때문에 사랑스런 것이란 것을 알게 되었다.

다만 그런 생각과 느낌이 '풀꽃'이란 대상과 만나 한 몸이 되어 이런 글이 나온 것이다. 특히나 마지막 문장인 "너도 그렇다"는 나에게 구원을 준 문장이기도 하다. 어찌 나 스스로 그런 문장을 쓸 수 있었을까? 내가 아닌 그 어떤 신비한 존재가 나에게 쓰라고 종용해서 내가 받아서 쓴 문장일 뿐이다.

지금까지 우리는 '나만 그렇다'의 세상을 살았다. 그런데 돌아보니 나만 그런 게 아니고 너도 그런 세상이 있었던 것이다. 오히려 나만 그런 세상을 제대로 살기 위해서는 '너도 그렇다'의 세상이 선행되어야만 가능하다는 걸 알게 되었다. 참으로 나는 이 대목에서 감사와 기쁨의 마음을 가진다.

"시의 첫 문장은 신이 주신 선물이다"란 말이 있다. 시를 처음 배울 때 어디선가 읽어서 외운 말이다. 맞는 말이다. 그러나 나는 그 말을 뒤집어서 "시의 마지막 문장은 신이 주신 선물이다"로 바꾸고 싶었다. 정말로 그것이 그렇다면 "풀꽃" 시의 마지막 문장 "너도 그렇다"가 여기에 해당하는 경우다.

앞의 두 문장 "자세히 보아야/ 예쁘다// 오래 보아야/ 사랑스럽다"는 인간의 문장이고 마지막 문장 "너도 그렇다"는 신의 문장이다. 제목이 "풀꽃"이니 앞의 두 문장은 풀꽃을 두고 하는 말이지만 "너도 그렇다"의 '너'에 와서는 그 풀꽃이 인간으로 바뛴다. 멀리멀리까지 번지면서 그 적용 범위를 한껏 넓힌다. 그것은 인류 전반에까지 번져 나간다. 이야말로 반전이요 변용이다. 그래서 앞의 문장 "자세히 보아야/ 예쁘다// 오래 보아야/ 사랑스럽다"를 다시 한 번 소환하면서 독자로 하여 "나도 그렇다"란 말을 낳게 한다.

식물 이름
알기

사람에 따라서는 풀이나 나무 이름을 곰살스럽게 잘 아는 사람이 있고 전혀 그런 것에는 까막눈인 사람이 있다. 가령, 두 사람이 숲속 길을 걷는다고 해 보자. 주변에 풀과 나무들이 많이 있다. 그럴 때 식물 이름을 잘 아는 사람은 눈에 띄는 풀이나 나무 이름을 불러 보기도 할 것이다.

저 나무는 무슨 나무, 그래 저 나무는 무슨 나무야…. 풀이름도 그렇게 할 것이다. 그러다 보면 숲속 길이 매우 정다운 길이 될 것이다. 만약 혼자서 걷는다 해도 혼자서 걷는 것이 아니라 여럿이 걷는 느낌이 올 것이다.

이름을 부른다는 것은 인사하는 것이나 마찬가지다. 내가 너를 안다고 인정하는 것이기도 하다. 생명체끼리의 첫 번째 교호 작용이 바로 이름을 외우고 그 이름을 불러 주는 일이다. 이 얼마나 아름다운 생명체끼리의 예의이며 따스한 소통인가!

그러면 왜 사람에 따라 식물 이름을 잘 아는 사람이 있고 그렇지 못한 사람이 있을까? 문제는 관심이다. 관심이 있으면 자세히 볼 것이며 자세히 보다 보면 서로 다른 점을 알게 될 것이고 그러다 보면 이름이 또 궁금해져서 이름을 알게 될 것이다.

나도 그렇고 아내 김성예도 비교적 풀이나 나무 이름을 잘 아는 사람이다. 그래서 금학동 숲속 길을 산책할 때는 정말로 저 나무는 무슨 나무, 또 무슨 풀, 식물의 이름을 불러 가면서 산책을 한다. 그러노라면 새롭게 꽃이 핀 식물들을 보고 좋아라 하기도 한다.

그건 그러하다. 식물의 이름을 잘 아는 사람에게는 인간의 세상 말고 또 하나의 새로운 세상을 아는 것이나 마찬가지다. 그건 또 동물 이름이나 곤충 이름이나 물고기 이름을 잘 아는 사람에게도 그럴 것이다.

나를 두고 볼 때도 식물 이름을 제대로 알기 시작한 나이가 있었던 것 같다. 시골 태생이니 비교적 식물 이름은 어려서부터 어른들에게서 귀동냥으로 들어서 대충은 알고는 있었을 것이다. 그러나 하나하나 똑바로 식물 이름을 알게 된 것은 50대 무렵이 아니었나 싶다. 그만큼 50대는 인생에서 중요한 시기인 것이다.

주변에 지천으로 널린 풀꽃들의 이름을 새롭게 알 때 마음의 지경이 확, 열리면서 넓어진 느낌이 있었다. 그것은 나무의 이름을 알 때도 그렇다. 사람이 한평생 살다 간다고 해도 무엇이든 제대로 알고 가는 게 많지 않다. 오죽했으면 뉴턴(Isaac Newton) 같은 세기의 천재도 "나는 세상에 와서 모래밭에서 모래 알갱이 몇 개를 만지다 간다"고 고백했을까.

옛날 초등학교 학생들이 부르던 "봄맞이 가자"란 동요 가운데 "달래 냉이 씀바귀(꽃다지) 나물 캐 보자"란 가사가 있다. 여기에 나오는 세 가지의 풀 가운데 달래는 그렇다 치고 냉이와 꽃다지를 정확하게 구별하는 사람은 많지 않다. 냉이와 꽃다지는 우선 꽃의 빛깔이 다르다. 하얀 꽃이 핀 것은 냉이이고 노랑 꽃이 핀 것은 꽃다지인 것이다.

이제 머잖아 본격적으로 봄이 오면 풀들이 운동회 날의 아이들처럼 와글와글 들리지 않는 소리를 지르며 새싹을 내밀 것이다. 그들을 만나 그들의 이름을 다시 한 번 불러 보는 것만으로도 나에겐 황홀하고도 벅찬 새로운 세상을 다시금 맞음이다. 생명을 함께함이다.

봄맞이꽃, 제비꽃, 민들레, 씀바귀, 꽃마리, 봄까치꽃, 광대나물, 드디어 패랭이꽃, 안개꽃, 주름잎, 엉겅퀴, 강아지풀, 고마리, 여뀌…. 그러나 나에게도 이름만 알고 실물을 정확하게 모르는 풀꽃이 있다. 꼭두서니란 풀. 새봄이 오면 그 풀을 확인해서 새롭게 인사해야겠다. 얘야, 미안하구나. 이름은 진작부터 알았지만 정말로 너를 만난 것은 이번이 처음이란다.

내가 되고
싶었다

가끔 문학 강연장에 나가서 독자들로부터 질문을 받곤 한다.
어린 시절 꿈이 무엇이었느냐고. 대뜸 나는 시인이 되고 싶었
다, 그게 꿈이었다, 글짓기를 잘했다, 그런 답을 기대하면서 질
문하는 눈치다.

그럴 때마다 나는 얼버무리거나 엉뚱한 말로 대답을 대신할
때가 많았다. 그림 그리기를 좋아해서 화가가 되고 싶었다고.
그러나 그건 아닌 것 같다. 오늘에 와서 어른이 된 다음 그렇게
생각한 것이지 그 어린 나이에 화가가 되겠다, 오늘날 아이들
처럼 똑떨어지게 꿈을 가졌던 것은 결코 아닌 것 같다.

그럼 전혀 미래에 대한 꿈이 없었는가? 그러나 또 그건 아닌
것 같다. 나는 앞으로 어른이 되어 무언가가 되어야지, 그런 생
각을 막연하게 했던 것 같다. 그러면서 많이 불안하고 암담하
고 답답한 마음을 가졌겠지, 싶다.

그건 예전 아이들이나 오늘의 아이들이나 미래의 아이들이

나 마찬가지다. 인생은 사막을 건너는 일이라고 나는 생각한다. 사막 앞에 선 사람은 막막하고 사막을 어떻게든 건넌 사람은 적막하다고 나는 말을 한다. 그러하다. 인생은 막막하거나 적막하거나 그 둘 중에 하나다.

그럼 정말로 인생이 막막하던 시절에 어땠는가? 굳이 말하라면 나는 내가 되고 싶었다. 내가 누구이며 내가 되는 길이 어떤 것인지 모르지만 좌우지간 나는 내가 되고 싶었다. 그것이 나의 꿈이었고 인생 목표였다. 그래서 답답했고 안타까웠고 끝내 절망스럽기까지 했다.

어려서 초등학교 시절 나는 외할머니네 집에서 외할머니와 둘이서만 살았다. 오두막집이었고 가난했다. 춥고 배고픈 집이었다. 하지만 외할머니의 보살핌으로 나는 그런 것을 잘 느끼지 못하며 살았다. 일생 가운데 가장 행복한 시절이었다.

한글을 깨우친 다음 가장 많이 읽은 책은 만화책이다. 박기당이란 만화가가 지은 만화. 마냥 좋았다. 마음이 들뜨는 것 같았다. 환상이 있었다. 외할머니의 잔소리를 피하여 학교 교과서 아래 만화책을 숨겨 가지고 밖으로 나가 남의 집 울타리 아래 쪼그리고 앉아서 만화책을 읽었다. 날이 저물도록 읽었다.

그렇다면 만화책을 읽는 것이 나의 꿈이었나? 아니다. 만화책을 읽기는 했지만 나는 아슴하게 가진 생각이거나 느낌이 따로 있었다. 나는 어른이 되어 어떤 사람이 될까? 어떤 사람이 되어 어떻게 살까? 모르긴 해도 나는 다른 사람과 같은 사람은 되고 싶지 않았다. 나는 그저 내가 되고 싶었다.

내가 되고 싶은 나. 내가 되고 싶은 내가 되어 사는 나. 그것이 나의 꿈이었다. 그렇다면 오늘날 아직도 나는 무엇이 될 것인지 나의 꿈이 정해지지 않았다고 답답해하는 아이들을 보고 아직도 꿈이 없으면 어떻게 하느냐고 다그치거나 나무랄 것까지는 없다고 생각한다.

사람은 그 누구나 다 다르다. 오직 유일무이한 존재다. 그러므로 사람의 꿈도 같을 필요가 없고 유일무이한 그 사람만의 것이어야 한다고 생각한다. 그 유일무이한 꿈을 찾았을 때 성공한 사람이 되는 것은 아닐까 싶다. 내가 되고 싶은 내가 되는 것이 진정한 성공이란 말이다. 또, 내가 되고 싶은 나를 찾아서 헤매는 것이 또 인생이겠지 싶다.

명예와
명성

사람이 세상을 살아가는 데 필요한 것은 무엇일까? 그리고 사람이 살면서 끝내 바라고 원하는 것은 또 무엇일까? 그 두 가지는 서로 다르면서도 엉켜 있는 듯 보인다. 사실 사람은 자기가 살아가는 데 필요한 것들을 얻기 위해서 우선적으로 노력하며 애쓴다. 이렇게 자기가 얻고 싶은 것과 그것을 얻기 위한 노력을 우리는 '욕망'이라 부르기도 한다.

욕망. 자기가 바라는 것. 그것은 결코 나무랄 것이 아니다. 사람은 이러한 욕망 없이는 살 수 없는 존재들이다. 어쩌면 욕망을 이루는 과정이 삶 그 자체이며 욕망이야말로 삶의 활력소인지 모른다.

전통적으로 사람이 살아가는 데 필요한 요소를 '의식주(衣食住)'라고 말한다. 요즘엔 거기에 자동차 하나를 더 보태어 '의식주행(行)'이라고까지 말한다. 여하튼 좋다. 사람이 살아가는 데 필수적인 요소가 의식주행이라고 그러자. 그래서 사람들은 어러서부터 학교에 다니며 공부하고 공부를 마친 뒤에는 취직이란 것을 한다. 이 또한 돈을 벌기 위해서 그런 것이다. 돈을 번다는 것 자체가 의식주행을 해결하기 위한 수단으로 그러는 것이다.

가끔 나는 사람이 일생을 사는데 무엇을 위해서 살며 또 무엇이 필요한 것일까를 생각해 본다. 욕망의 대상에 대한 것이다. 아무래도 내 생각에는 물질이 가장 중요한 것이 아닌가 생각된다. 물질 없이는 기본적인 삶이 유지되지 않기 때문이다. 아닌 게 아니라 현대인들은 오직 이 물질만을 좇아서 사는 사람들이 아닌가 싶을 정도로 물질에 열중해 있다.

그다음으로는 사람과 사랑이다. 사람은 물질만으로는 충분히 잘 살았다 할 수 없다. 그 위에 다른 사람과의 소통과 어울림이 있어야 하고 때로는 따스한 마음의 교류, 사랑이 있어야 한다. 그렇지 않으면 외로워서 못 산다. 그러기에 사람들은 성장하면 결혼하여 가정을 꾸리며 여러 가지 사회적 관계망을 형성하면서 살기를 원한다.

보통 사람들은 거기까지가 일생 꿈꾸는 삶이고 완성된 삶이다. 하지만 여기에 더하여 권력에 관심을 가져 권력을 얻기를 원하는 사람들이 더러 있다. 사회로나 집단으로나 지도자가 되기를 원하는 사람들이다. 그 대표적인 인물들이 정치가들이다. 그들은 권력을 얻으면 그 아래 단계인 물질이나 사람(또는 사랑)

은 저절로 해결된다고 믿는 사람들인 것 같다.

　여기에 멈추지 않고 한 단계 더 높은 욕망을 가진 사람들이 있다. 바로 명예를 추구하는 사람들이다. 명예. '세상에서 훌륭하다고 인정되는 이름이나 자랑'을 이르는 말이다. 내가 보기에는 명예는 인간이 가질 수 있는 가장 높은 단계의 욕망인 것 같다. 그런데 명예를 가진 사람이 잊지 말아야 할 일이 있다. 일단 명예를 가진 사람은 그 아래 단계의 욕망이나 소유를 적당량 내려놓아야 한다는 것이다.

　물질도 내려놓고 사람이나 사랑도 내려놓고 권력도 내려놓아야 한다. 그렇지 않으면 명예가 제대로 유지되지 않는다. 내려놓으라는 말이 거북하다면 조금 줄이라는 말로 바꾸어도 좋겠다. 진정 그러할 때 명예가 정말로 명예다운 명예가 된다.

　가끔 명예란 말은 '명성'이란 말과 혼동되어 사용되기도 한다. 어디까지나 명예와 명성은 서로 다른 면이 있다. 두 가지 말 모두 세상에 널리 알려져 사람들로부터 칭찬을 듣고 부러움을 사는 자랑이거나 그 이름이기는 하지만 명성보다는 명예가 더 굳은 것이고 더 좋은 것이다.

　명성은 단순히 잘한다고 좋다고 훌륭하다고 소문이 난 상태를 말하지만, 명예는 그것이 단단해져 변함없는 그 어떤 상태가 된 것을 말한다. 비유하자면 명성이 스치는 바람 소리거나 바다 물결 소리와 같다면 명예는 바위나 쇠붙이에 새긴 형상과 같은 것이고 오래된 종에서 울려오는 은은한 종소리 같은 것이다. 다시 한 번 말하자면 젊어서 유명해지는 것은 명성이고 늙어서 유명해지는 것이 비로소 명예라는 것이다.

나더러 꼰대라 핀잔해도 좋다. 그러나 정말로 그것이 그러한 걸 어쩌랴. 젊은이가 유명해지는 것은 믿을 만한 것이 못 된다. 좀 더 두고 보아야 한다. 그런 점에서 우리 사회에서 오늘날 어린 세대들이 오로지 연예인만을 해바라기하고 또 어려서 유명해지기를 바라는 풍조는 그다지 좋은 현상이 아니다. 좀 더 느긋하게 기다릴 필요가 있다. 유명해지더라도 늙어서 나중에 유명해져야만 그것이 진정한 명성, 명예가 되는 것이다.

사람의 세 가지 불행이란 것이 있다. 옛 조선 시대 성리학 버전은 이렇다. 첫째가 소년 고등과(高登科)이고, 둘째가 부모 음덕(陰德)으로 음직(蔭職)에 나가는 것이고, 셋째가 말 잘하는데 글도 잘 쓰는 것이다. 얼핏 이해가 가지 않는 부분도 있지만 맞는 이야기다. 더하여 현대 버전은 이렇다. 첫째가 소년 출세이고, 둘째가 중년 망실(亡室)이나 망부(亡夫)이고, 셋째가 노년 빈곤.

두 가지 버전에 모두 들어 있는 항목은 소년 출세(소년 고등과)이다. 그만큼 이른 나이에 출세하거나 일찍 명성을 얻는 일은 그 사람의 일생을 두고 위험 요소가 된다는 것이다. 이것은 그냥 허수히 넘길 수 없는 말로 어른이든 어린 사람이든 양식 있는 사람이라면 한 번쯤 잘 생각하고 넘어갈 문제라 여겨진다.

삶은 달걀인가

오래전 일이다. 김수환 추기경님 생전, 강론 시간에 이런 농담을 하신 것을 기억한다. “삶은 달걀이다.” 아마도 기차 여행 중에 기차 안에서 달걀이며 군입거리를 파는 홍익회 직원들의 소리를 듣고 문득 그런 생각을 하셨던 것 같다. 어쩌면 추기경께서도 ‘삶이란 과연 무엇인가’에 대해 곰곰이 생각하던 차에 그 말이 들렸기 때문에 그렇게 연결 지어 그런 생각을 하셨는지 모르겠다. 물론 이것은 추기경님이 농담 삼아 하신 말씀이다.

“삶은 달걀이다”란 짧은 문장을 읽을 때 어떤 단어를 주어로 읽느냐에 따라 그 의미가 달라진다. 과연 우리네 인생, ‘삶’은 뜨거운 솥에 물과 함께 넣어 ‘삶은 달걀’일까? 아니면 살아 있는 ‘달걀’ 그 자체일까? 삶은 달걀이라면 그냥 먹으면 될 것이고 살아 있는 달걀이라면 어미 닭에게 부탁하여 병아리로 깨어나게 해야 할 일이다.

그렇다. 우리 인간도 알에서 병아리로 깨어나는 과정을 거처야 한다. 안에서 성장하고 변화한 뒤에 알 껍데기를 부수고 밖으로 나와야만 완전한 생명체인 병아리가 된다. 보건대, 어떤 사람은 그냥 알 껍데기 안에서 달걀인 채로 일생을 살다가 세상을 떠나는 사람도 있다. 또 어떤 사람은 일찍이 알 껍데기를 벗고 나와 병아리로서 살고 드디어 어미 닭이 되는 걸 보기도 한다.

맞는 말이다. 우리도 충분히 병아리가 되고 드디어 어미 닭으로 성장하고 변모하여 세상을 살아야 한다. 그런데 요즘 젊은 친구들을 보면 그렇지 못하고 우왕좌왕하는 경우를 많이 본다. 마치 큰비가 내려 홍수 진 강물에 콸콸 소리 내며 흘러가는 흙탕물처럼 살아가는 친구들을 본다. 어디로 향해 가는지, 무엇을 위해 가는지조차 모르고 흘러가는 물과 같다. 과연 우리가 그런 물처럼 한세상을 살아야 할 것인가.

무엇보다도 자기다운 삶이 필요하다고 본다. 자기다운 삶은 내가 누구인지, 왜 살아야 하는 것인지를 분명히 알고 살아가는 삶이다. 그러기 위해서 가장 필요한 것은 정체성이다. 영어로 '아이덴티티'(identity)이고 사전적 풀이로는 '변하지 아니하는 존재의 본질을 깨닫는 성질, 또는 그 성질을 가진 독립적 존재'이다. 이 아이덴티티가 있어야만 인간은 일관성 있게 인생을 살 수 있다. 마치 거친 바다 한가운데 조그만 배가 한자리에 머물러 있기 위해 육중한 닻을 아래로 내려 자기를 지탱하는 것과 같다.

　인간의 본성은 누가 뭐래도 이기심이다. 자기를 사랑하고
이롭게 하고 자기만을 위해서 살아가는 마음. 이기심은 본성이
기 때문에 그 자체를 나쁘다고 말하기는 어렵다. 사람은 태어
나면서부터 자기를 채우는 과정을 되풀이하면서 산다. 학교 공
부가 그렇고, 취업이 그렇고, 결혼이 그렇고, 내 집 마련이 그렇
고, 인생살이 전반이 이러한 이기심을 충족시키기 위한 과정이
다. 오로지 '나'를 위한 이기(利己)의 삶이다. 이 이기심이 치열한
인생, 성공한 인생을 가져오게도 한다.

　그러나 더러 현명한 사람, 운이 좋은 사람은 이기심으로 일
관하던 삶 가운데 이타심이란 것을 찾아내고 자기만을 위한 삶
이 오로지 완전한 삶이 아니란 것을 알게 된다. 이야말로 인생
의 축복이요 은혜다. 나 하나만을 생각하며 살던 삶이 다른 사
람들, 주변에 있는 사람들을 위해서 사는 삶이기도 하다는 것
을 아는 순간, 두 눈이 확 밝아지는 환희와 놀라움이 따른다.
그야말로 '너'와 함께하는 삶이다. 이타(利他)의 삶이다.

　지난 5월, 내가 캐나다로 문학 강연 여행 가 있는 동안 우리
아버지, 가친께서 세상을 떠나셨다. 98세를 사시다 가셨다. 지
금도 고향 집에 가 보면 아버지가 사시다 간 흔적이 온 집 안에
가득하다. 그러나 정말로 그것이 아버지의 흔적인가, 생각해
보면 정말로 그것이 아버지의 흔적으로 여겨지는 것은 별로 없

다. 모두가 낡은 물건들뿐이다. 그렇다면 우리 아버지는 어디에 어떻게 남겨지셨을까? 다만 아들인 내 마음속에 추억으로, 일말(一抹)의 기억으로 남아 계실 뿐이다.

참으로 허무하고 허무할 따름이다. 내가 비록 만으로 79세된 늙은 아들이지만 문득문득 아버지 생각이 난다. 지난번 여름, 큰비가 내리던 날 밤 새벽잠 깨어 혼자 앉아서 오랫동안 울먹인 일도 있었다.

새벽 비에 잠이 깨었다/ 웬 비가 이렇게 세차게 내린다냐/ 개울물도 불어서/ 큰 소리를 내면서 흐르고 있다// 엉뚱하게도 세찬 빗소리에/ 개울물 소리에/ 고향 집 생각// 아버지 마지막까지 지키다/ 떠나신 고향 집/ 혼자서 비를 맞고 있겠다// 말년에 아버지도 돌보지 않아/ 낡아질 대로 낡아진 고향 집// 지붕도 비를 맞고/ 마당도 비를 맞고/ 담장도 비를 맞으며/ 저들끼리 쓸쓸해하겠다// 아버지 생전 당신 육신처럼 아끼고/ 간직하고 다듬으며 사시던 집// 안방이며 부엌방이며/ 마루방이며/ 아 우리가 어려서 옹기종기/ 모여서 자란 사랑방// 나 또한 결혼하여/ 신혼 생활하던 그 사랑방도/ 고개 숙여 시무룩/ 빗소리에 젖겠다// 미안하오 미안하오/ 고향 집이여/ 내 그대를 지켜주지 못해/ 진정 미안하오. (2024. 7. 10.)

이것은 내 어설픈 고백을 담은 "새벽잠 깨어"란 제목의 졸작이다.

　그런데 내가 최근 들어 좋아하는 말 가운데 하나는 "홍익인
간"(弘益人間)이란 말이다. '사람 세상을 널리 이롭게 하라.' 단군
임금의 명령이다. 단군 임금이 실재 인물이 아니고 신화 속 인
물이라 해도 관계없다. 분명히 그 말은 우리의 말이고 우리 민
족의 정신을 담은 말이기에 그렇다. 무릇 인간 세상까지는 못
미치더라도 다른 사람을 이롭게 하면서 사는 삶은 참으로 아름
답고 귀한 삶이다.

　그렇다. 이제 우리는 자기답게 사는 삶을 넘어서 아름답게
사는 삶을 생각해야만 한다. 그렇지 않고서는 뒷날에 아름답게
기억되는 것이 없고 남겨지는 것이 없을 것이다. 글을 쓰더라
도 내 생각만으로 쓰지 말고 남의 생각으로도 써야 한다. 아니
다. 보다 더 많이 다른 사람 입장, 다른 사람 생각, 다른 사람 느
낌으로 써야 한다. 그래야만 보편성이 확대되고 더 많은 사람
들이 우리의 글을 읽어 주고 공감해 주고 또 기억해 줄 것이다.

　"사람이 죽으면 물건도 죽는다." 법정 스님이 생전, 방송에
나와서 하신 말씀이다. 그런데 어떤 출판사 사장의 말을 들어
보면 이런 말도 있다. "작가가 죽으면 책도 죽고 글도 죽는다."
모골이 송연해지는 말이다. 그럼 어찌하면 좋을까? 마땅히 글
을 쓰는 사람은 자기 생각과 자기 느낌만으로 글을 쓰지 말고
다른 사람들의 그것도 살피면서 글을 써야 한다고 생각한다.

시 쓰는 사람으로서 내가 또 좋아하는 말은 "훈민정음"(訓民正音)이란 말이다. 물론 이 말은 세종 임금의 말씀이고 한글의 또 다른 이름이기도 하다. 하지만 나는 시 쓰는 사람으로서 우리의 시 작품이 독자들을 위하는 바른 말씀, 바른 문장이 되어야 한다고 생각한다. 역시 이타의 마음이 거기에 있다. 사람을 속여서는 안 되는 것이 세 가지 있다고 나는 평소 말하는데 약과 음식과 글이 그것이다. 약이나 음식도 사람을 병들게 하고 건강하게 하지만 글도 또한 사람을 그렇게 하는 능력이 있기 때문이다.

글은 많은 사람들의 밥이 되고 물이 되고 공기가 되다가, 드디어는 약이 되어야 한다는 게 내 생각이다. 그래서 앓고 있는 사람을 건강하게 하고 죽어 가는 사람을 살려야 한다고 생각한다. 우리 국민의 40퍼센트 정도가 정신적인 장애를 앓고 있다니 큰일이 아닌가! 이런 마당에 시인들이 나서서 독자들과 함께해야 하고 독자들을 위해 축복하고 기도하고 응원하는 일을 마다하지 않아야 한다고 본다. 그 길만이 더불어, 함께 잘 사는 길이다.

차 한 잔
하시지요

4월 어느 오후의 일이다. 외부 일정이 없어 집에서 쉬는 날이지만 문학관에 나갔다. 문학관에서 좀 만나자는 사람이 있어서였다. 약속한 손님이 오면 나는 문학관 큰방에 마주 앉아 차를 마시며 이야기를 즐겨 나눈다. 언제나 그랬던 것처럼 그날도 큰방에서 찾아온 손님과 차를 마셨다.

손님이 왔을 때 차 대접보다 더 좋은 방법은 없다. 차는 상하 격의 없어서 좋고, 여러 사람이 편하게 나누어 마실 수 있어서 좋다. 차 한 잔 앞에서 사람은 모두 공평하고 편안하고 더없이 솔직담백해질 수 있다. 그야말로 차는 우리에게 평등을 가르치고 평화를 가르치고 화평을 가르쳐 준다.

그날도 그렇게 약속된 손님과 마주 앉아 차를 마시고 있을 때였다. 열어 놓은 창문 밖, 마루 쪽에서 두런두런 몇 사람이 와서 이야기하는 소리가 들렸다. 나는 밖을 향해 말했다. "누구신지 몰라도 안으로 들어와 차 한 잔 하시지요." 안으로 들어온 사람은 젊은 남녀 두 사람이었다. "앉으세요. 앉아서 차 한 잔 하세요."

두 사람은 조심스럽게 자리에 앉으면서 자기들 소개를 했다. "저희는 선생님 공주교대 부설초등학교 제자들입니다." "그래요? 그러면 이름이 누구신가?" "네, 저는 윤석현이고요, 이쪽은 제 동생 윤석영입니다." "아, 그래요? 그러면 혹시 가정약국집 아들 윤석현 아닌가?" "네, 제가 바로 윤석현입니다." "그러면 미국서 하버드 대학 교수 한다는?" "네, 제가 그 윤석현입니다."

나의 시계는 순식간에 과거로 돌아간다. 내가 공주교대 부설초등학교 교사로 근무하던 시절은 30대 중반. 5년 동안 근무했는데 그 기간에 두 사람과 인연이 있었던가 보다. 동생 쪽은 몰라도 오빠 쪽은 나의 기억에도 분명히 있다. 1980년도 내가 3학년 담임했을 때 학생 같았다. 조그만 체구에 눈이 유난히 크고 공부를 아주 잘하는 어린이였다.

아버지는 공주사범대학 교수였고 어머니는 약사였다. 공주 지역에서는 가장 수준 높은 인텔리 집안이었다. 그 집안의 큰아들 윤석현이 공부를 잘해 미국 하버드 대학 교수가 되었다는 말은 나도 풍문으로 들은 바 있다. 어쩌면 꿈같은 이야기이기 때문에 그러려니 하고 잊어버렸지 싶다. 그런데 그 장본인이 내 앞에 나타나다니?

"놀라운 일이네. 어떻게 하버드 대학 교수가 다 되었나?"

"네, 저는 의과 대학 교수로 일하고 있습니다." 어조가 여간 조신(操身)한 게 아니다. 똑바로 얼굴을 보니 나이는 그런대로 들어 보이지만 동안(童顔)에다가 안경 너머 눈빛은 맑고도 깊다. 그래 저 사람 초등학교 아이 시절에도 안경을 쓰고 있었고 늘 조용하고 말이 없었지.

"그래. 그런데 나는 학교 선생 할 때 이야기만 하면 부끄러워지네. 자랑스런 선생이 못 되었거든. 겨우겨우 선생을 했으니까." 그러자 여동생이 이야기를 거들고 나섰다. "왜요, 선생님? 선생님은 좋은 선생님이셨어요." "그래? 그렇지 않았을 거야." "아니에요. 선생님은 좋은 선생님이셨어요." 더러 이렇게 말하는 옛날 제자를 만나면 더욱 부끄러운 생각이 들고 몸이 오그라든다.

내가 좋은 선생이었다는 여동생 쪽의 설명은 이렇다. 내가 그 학교에서 1학년 담임을 한 적이 있는데 그때 자기가 나의 반 학생이었다는 것이다. 어느 날, 다른 교실로 옮겨 특별한 공부를 하기로 되어 있는데 자기는 그곳에 가지 않고 혼자 남았다가 학교 앞 구멍가게에서 쫀드기라는 군것질감을 사서 먹었는데 내가 그것을 보고서도 혼내지 않았다는 것이다.

그뿐이 아니라 그다음 날 1학년 반 아이들을 위해 특별한 이벤트를 해 주었다고 한다. 교실에 연탄난로를 피우던 겨울철이었는데 내가 집에서 고구마 한 포대를 가져다가 난로에 구워서

아이들에게 나누어 주고 다음 날은 땅콩도 가져다가 구워 주었
다는 것이다. 그래서 그것이 장년이 된 뒤에도 오래 잊혀지지
않고 내가 좋은 선생님으로 기억되었다는 것이다.

그런가? 그랬던가? 나는 여동생 쪽이 하는 이야기만 듣고 있
었다. 그러다가 남매가 자리에서 일어나면서 오빠 쪽이 말했
다. "실은 며칠 전 아버지께서 소천하시어 본가에 들렀다가 어
린 시절 살았던 공주를 찾은 것입니다." 그렇구나. 그렇다면 이
들의 오늘 공주 방문은 추억 여행일 텐데 내가 약속이 있어 문
학관에 나와 있던 것은 잘한 일이고 또 약속 없는 방문객으로
문학관을 찾은 남매에게 들어와 차 한 잔 하라고 권한 일은 더
욱 잘한 일이 아닌가 싶다.

몇 가지 가벼운 선물을 챙겨서 남매의 손에 들려 주면서 내
가 물었다. "그래 미국 어디 어디에서 사나?" "네, 저는 버지니
아에서 살고 오빠는 보스턴에서 삽니다." "아, 그래. 버지니아
울프 하는 그 버지니아, 서윤복 선수의 마라톤 대회 보스턴 말
인가?" "네, 그렇습니다. 잘들 가시게. 가서는 지금처럼 잘들 사
시게." 우리는 다시금 만나자는 그 어떠한 약속이나 인사말도
없이 담백하게 손을 흔들며 헤어졌다. 그래도 마음은 가뿐하고
좋았다.

그 길에
마음을   두고 왔다

이번에 또 캐나다 여행을 다녀왔다. 5월 20일, 인천공항을 출발하여 5월 29일 돌아왔으니 10일간의 여행이다. 지난해부터 캐나다 에드먼턴에서 사는 한국 교포 문인들의 문학 단체인 얼음꽃문학회 사람들이 두 차례나 풀꽃문학관에 찾아와서 문학 강연을 하러 와 주었으면 하는 요청이 있어 그리된 것이다.

건강도 그렇고 시간도 그렇고 특히 나의 가정 형편이 도저히 그러기 어려운데도 이미 여러 가지가 준비되고 예고된 상태라서 용기 있게 취소하지 못하고 강행한 여행이었다. 특히 노인 병원에 입원하고 계신 아버지의 상태가 많이 좋지 않았다. 출국하기 전날 병원을 찾았을 때 아버지는 사람을 잘 알아보지 못하고 의식이 흐린 상태였다.

그래도 세상과의 약속을 어기지 못하는 어리석음과 나약함으로, 뒤돌아보며 비행기에 올라 캐나다 밴쿠버 공항을 거쳐 목적지인 에드먼턴에 도착하여 1박 하고 그다음 날, 이번 강연

초청의 안내역이기도 한 문주성 씨를 따라 2박 3일 현지 여행 길에 올랐다.

이미 오래전 한 차례 여행을 왔던 나라지만 캐나다는 여러모로 특별한 나라였다. 우선 자연이 깨끗하고 아름답고 크고 웅장하며 사람들이 순한 나라다. 평화란 것이 있다면 바로 이 나라가 바로 그런 나라가 아닌가 싶다. 계절이 5월이라, 보이는 곳마다 푸르고 햇빛이 따가울 정도로 눈부셨다. 그런데도 높은 산 정수리에는 녹지 않는 눈이 있어 신비롭기까지 했다.

눈길이 가는 곳마다 감탄스럽고, 느끼는 것마다 신선했다. 아무리 고국에 무거운 일들을 두고 왔지만 낯선 풍경과 사람들 앞에서는 마음은 저절로 가벼워지게 마련이고 밝아지게 마련이다. 여행자 모드로 바뀌는 것이다. 그렇게 여행지에서 하룻밤을 보내고 난 이튿날 아침, 호텔 방에서 빵으로 아침 식사 하면서 서울의 딸아이에게 전화를 걸었다가 그만 아버지 소천 소식을 듣게 되었다.

그것은 캐나다 달력으로는 5월 21일. 한국 달력으로는 5월 22일. 정신이 아뜩했다. 아버지가 소천하셨다는 것이 실감되지 않았다. 그러나 나는 어쩔 수 없었다. 이미 몸은 바다 건너 멀리 와 있고 현지 사람들과의 약속이 줄줄이 잡혀 있는 상황 속에서 돌아가신 아버지를 위해서 내가 해 드릴 수 있는 일은 별로 많지 않았다. 답답한 심정을 숨긴 채 예정된 일정을 소화해

내는 수밖엔 없었다.

캐나다 현지에서 보고 들은 것들을 모두 기억하기도 어렵고 또 기록하기도 어렵다. 순간순간 아름다운 것들이 스쳐 지나갔 구나, 그런 정도로 뇌리에 남았을 뿐이다. 안내자 문주성 씨가 세심하고도 조심스럽게 운전하는 자동차 앞에 나타나 우리를 환 영해 준 사슴 떼며 산양 무리, 그리고 곰 두 마리가 신기로웠다.

그렇지만 나에게 가장 인상 깊었던 것은 여행 이틀째 되던 날 찾았던 말린 호수(Maligne Lake)와 그 호반 길에서의 산책이었 다. 캐나다는 참으로 놀라운 자연을 간직한 나라다. 숲의 나라 요 산의 나라요 햇빛의 나라요 그리고 호수의 나라다. 높고 높 은 산 그 어디쯤 기적처럼 숨어서 사람을 반기는 에메랄드빛 호수들의 광채라니!

알려진 바대로 말린 호수는 캐나다 로키산맥에서 가장 크고 도 아름다운 자연 호수다. 호수 길이가 22킬로나 된다고 한다. 문주성 씨는 진작부터 이 호수에 대해 말하면서 꼭 이번 여행 에서 자기가 보여 주고 싶은 비경이라고 했다. 가서, 배를 타고 호수 위를 여행하자고 했다. 그런데 아뿔싸! 현지에 도착해 보 니 호수가 아직도 얼음으로 차 있지 않은가.

차선책으로 우리는 호수 주변의 길, 호반 길을 산책하기로 했다. 그런데 내게는 배를 타고 호수 여행을 하는 것보다 그 산 책이 좋았다. 나도 그전엔 아내와 함께 마을 길을 자주 산책하는 것을 좋아했던 사람이다. 그런데 외부 일정이 복잡해지면서 산책하는 일을 게을리했던 게 사실이다.

산책만큼 사람의 마음을 안정시켜 주는 일이 없고 사람의 마음을 또 맑고 깊게 도와주는 일은 없다. 모름지기 생각하는 사람, 예술하는 사람, 글 쓰는 사람, 누구보다도 그가 시 쓰는 사람이라면 산책이 습관화되어 있어야 한다고 본다.

말린 호수, 아직 녹지 않은 얼음을 가슴에 품고는 있지만 호수 주변의 숲을 따라 가늘고도 길게 이어진 산책길은 굽이굽이 신비롭고 아름다웠다. 전나무였던가 가문비나무였던가 하늘을 가릴 정도로 나무들이 우거져 있어 햇빛이 제대로 들어오지 못하고 다만 나무와 나무 사이를 빠져나온 햇빛이 길바닥에 비쳐 얼룩얼룩 무늬를 새겼다.

산책길에 들어오자 대번에 앞을 막는 것은 숲의 향기. 코끝이 알싸할 정도로 그것은 독특하면서도 진한 향내였다. 흙이 내뿜는 냄새이기도 하겠지만 그것은 주로 나무에게서 나는 냄새 같았다. 가슴이 저절로 열리는 느낌. 아, 이 냄새. 이 편안함. 그것은 이내 나 자신의 옹졸함을 돌아보게 했고 너그러움으로 번져 나갔다.

무언가를 버리고 싶다. 무언가를 더 내려놓고 싶다. 그래서 더욱 가벼워지고 편안해지고 자유로워지고 싶다. 우리가 살아가는 데 아등바등 생각하는 것들을 '의식주행'이라고 한다는데 나는 그것과 어느 정도 거리를 두고 사는 사람이다.

그런데 단 한 가지, 명예욕만은 내려놓지 못하고 있다. 불가에서도 사람이 가장 내려놓기 어려운 욕심이 명예욕이라고 하지 않았던가! 이를 어찌하면 좋단 말인가. 그놈의 명예욕 때문에 여러 가지로 마음이 힘들고 지옥이 될 때가 있다. 하기는 글쓰고 책 내고 사람들 앞에서 강연하고 문학상 받기를 바라고 그러는 모든 것들이 명예욕과 무관한 것이 아닐 터이다.

버려야 한다. 좀 더 내려놓아야 한다. 나는 주문처럼 외며 길을 걸었다. 그렇게 1킬로. 언뜻언뜻 나무숲을 빠져나온 햇빛이 얼굴을 비쳐 주는 길. 진한 숲의 향내가 앞을 막아서기도 하는 길. 얼음 풀린 호숫가에 덩치 큰 청둥오리들이 미동도 없이 떠서 사람을 바라보아 주는 길. 더러는 커다란 나무가 모로 쓰러져 사람의 발길을 막기도 하는 길.

미안한 일이지만 나는 그 향기롭고도 깨끗하고 아름다운 그길에 나의 마음을 내려놓고 오기를 바랐다. 결코 그 마음은 좋은 마음이 아니다. 사악한 마음이고 탐욕의 마음이고 거짓의 마음이고 어둠의 마음이다. 그러므로 앞으로의 나의 삶이 좀 더 깨끗해지고 맑아지고 깊어지기를 꿈꿨다.

언제나 좋은 여행은 사람에게 터닝 포인트를 제공해 준다. 이전의 낡은 삶으로부터 새로운 삶을 약속해 준다. 이제 나의 생의 남은 날은 그다지 많지 않다. 그래도 나는 그 많지 않은 날들이 새로워지고 좋아지기를 바란다. 다시는 돌아갈 수 없는 캐나다의 비경 말린 호수, 그 어디쯤 내가 버린 마음이 여전히 파들거리며 숨 쉬고 있겠지. 부디 그 마음들도 좋은 싹으로 바뀌어 그 나라의 풀이나 나무와 함께 싱싱하게 자라 주기를 바란다.

망 각

사람은 누구나 새것을 좋아한다. 나도 물론 새것을 좋아하는 사람이다. 그렇지만 새것에 대한 약간의 낯가림 같은 것이 있어 새것이 생겨도 곧장 그것을 사용하지 않는 버릇이 있다. 새로 옷을 샀다고 해도 얼마 동안은 그 옷을 옷걸이에 걸어 두고 보다가 낯이 익으면 입는 것처럼 말이다.

그뿐만 아니라 낡은 물건을 쉽게 버리지 못하는 버릇이 있다. 오래 두고 사용해 오던 물건들을 가볍게 버리지 못하는 것이다. 무릇 서책은 물론이고 필기도구나 집기류, 심지어는 한 번 사용한 복사지까지 버리지 못하고 뒷장을 다시 쓰자고 책상 옆 한구석에 쌓아 두곤 한다.

오래 입어 낡은 옷을 버릴 때는 아내와 작은 실랑이가 벌어진다. "여보 그 옷 제발 버리지 마세요. 나를 버리는 것 같아서 그래요." 사정해 보지만 아내는 슬그머니 내 옷을 없애곤 한다. 낡은 옷이 차서 장롱 속을 정리하지 않을 수 없다는 게 아내의 핑계다.

내가 소중히 간직하는 것 가운데는 편지나 사진도 있다. 육필로 쓰인 편지는 절대로 버리지 않는 대상이고 작은 메모 쪽지 한 장도 소중히 간직한다. 나하고 관계된 사진을 한 장도 버리지 않고 간직해 왔음은 물론이다. 그래서 나에게는 아주 많은 편지와 사진 자료가 보관되어 있다.

늙은 사람이 되면 과감히 버려야 한다는데 아예 나는 버릴 생각조차 하지 않고 사니 이것 또한 문제가 아닌가 싶기는 하지만 아직은 버릴 생각이 추호도 없는 걸 어쩌랴. 이렇게 내가 버리지 못하는 것 가운데는 사람에 관한 것도 있다.

사람과의 인연, 구체적으로 다른 사람과 있었던 작은 일이며 느낌이며 그 뒤에 남은 기억들을 소중히 여긴다. 누군가, 나에게 섭섭하게 대해 준 일이 있다 해도 나는 그를 쉽게 마음에서 내치지 않는다. 당분간은 그 자리에 세워 두고서 본다. 그렇게 빨리 딱 잘라서 버리지 않아도 시간이 지나면 내게서 떠나갈 것이요 잊혀질 것을 알기에 그렇다.

물건이든 사람의 일이든 장력(張力)이란 게 있다고 한다. 서로 끌어 잡아당기고 붙잡는 힘이 장력이라는데 벽에 못이 박혀 있다면 그것은 벽과 못이 서로를 끌어 잡아당기면서 붙잡고 있는 힘이 작용해서 그렇다는 것이다.

하지만 그렇게 단단하게 박혀 있는 못도 언젠가는 벽에서 빠져나가는 날이 있다고 그런다. 벽이 못을 끌어당기는 힘이 약해지고 못 또한 벽을 붙잡고 있는 힘이 약해지면 그렇게 된다는 것인데 이것은 참 슬픈 일이기도 하다.

사람과 사람 사이의 일도 그렇다. 아무리 좋았던 사람, 아리따운 사람, 가슴 뛰게 그리웠던 사람도 10년쯤 멀리 떨어져 살면 흐릿해지고 20년쯤 헤어져 살면 가물가물해지다가 30년쯤 되면 아예 흐릿해져서 기억에서 멀어지게 마련이다.

사람의 일도 벽에 박힌 못처럼 서로 낡아지고 헐거워지다가 어느 날 툭, 벽에서 못이 빠져나가는 것처럼 기억에서 버려지기도 한다는 것. 이것은 참 쓸쓸하고 슬프기까지 한 일이다. 그렇구나. 그것이 정말 그렇구나. 사람의 일도 그렇구나.

그렇다면 내가 무엇이든 쉽게 버리지 못하는 사람인 것은 오히려 다행한 일이고 또 당연한 일이 아니겠나. 물건이든 사람의 일이든 일부러 버리지 않아도 언젠가는 잊혀져서 없는 것처럼 된다는데 서둘러 버릴 것은 없지 않은가.

망각. 잊혀짐. 버리는 일을 잘하지 못하고 사는 사람에겐 그 또한 세월이 주는 하나의 은택이 아닌가 싶다. 당분간은 곱게 지켜보며 살 일이다.

내가 좋아하는
성경 구절

명색이 기독교 신자라면서 나는 성경 통독을 한 번도 하지 못했다. 쉬지 않고 책을 읽기는 했지만 문학 서적 읽기에 바빠서 그렇다고 말한다면 매우 부끄럽고 뻔뻔한 변명이 될 것이다.

다만 교회에 나가 예배 시간 목사님 설교를 들을 때만은 설교 말씀을 노트에 기록하면서 목사님이 설교에 인용한 성경 구절을 정성껏 읽어 보려고 노력했다. 만약 내 기억에 남는 성경 구절이 있다면 그렇게 어깨너머로 읽은 성경 구절일 것이다.

이토록 구차한 성경 읽기 가운데 내가 좋아하는 성경 구절이 몇 군데 있기는 있다. 그것은 시편 23편과 고린도전서 13장의 말씀이다.

"여호와는 나의 목자시니 내게 부족함이 없으리로다 그가 나를 푸른 풀밭에 누이시며 쉴 만한 물가로 인도하시는도다 내 영혼을 소생시키시고 자기 이름을 위하여 의의 길로 인도하시는도다 내가 사망의 음침한 골짜기로 다닐지라도 해를 두려워

하지 않을 것은 주께서 나와 함께하심이라 주의 지팡이와 막대기가 나를 안위하시나이다 주께서 내 원수의 목전에서 내게 상을 차려 주시고 기름을 내 머리에 부으셨으니 내 잔이 넘치나이다 내 평생에 선하심과 인자하심이 반드시 나를 따르리니 내가 여호와의 집에 영원히 살리로다"(시편 23편).

이 얼마나 고맙고 감사한 말씀이며 이 얼마나 눈부신 축복이며 이 얼마나 굳건한 언약이랴. 성경의 모든 구절은 오로지 진실이며 감동적인 문장으로 되어 있지만 시편 23편의 이 문장들은 가슴에 구원의 빛이 되고 끝없는 위로의 강물을 선사한다.

"여호와는 나의 목자시니 내게 부족함이 없으리로다 그가 나를 푸른 풀밭에 누이시며 쉴 만한 물가로 인도하시는도다"(1-2절). 서두의 문장도 좋았지만 특히 나에게 좋았던 문장은 "주께서 내 원수의 목전에서 내게 상을 차려 주시고 기름을 내 머리에 부으셨으니 내 잔이 넘치나이다"(5절) 이 문장이다. 아, 이토록 벅찬 축복이라니! 이것은 상상만으로도 황홀한 기쁨이 아니고 무엇이랴. 끝끝내 생애의 승리가 아니고 무엇이랴.

나에게 진정코 아름다운 성경, 힘이 되는 성경, 나를 살리는 성경 구절은 이 한 구절로 족하다. 이 성경 구절은 얼마나 오랫동안 내 마음의 변두리를 맴돌며 나를 위로하며 나에게 용기를 불어넣어 주었던가. 2007년 죽을병에 걸려 사로잡힌 몸이 되었을 때도 아내와 나는 병원 침상과 의자에 엎드려 울면서 울면서 얼마나 여러 차례 이 구절을 읽고 읽었던가!

시편 23편의 말씀은 그 하나만으로도 나의 평생을 채우고도 남는 말씀이지만 그래도 한 구절을 더 말하라 하면 나는 또 어쩔 수 없이 고린도전서 13장을 통째로 들어서 이야기하지 않을 수 없겠다. 고린도전서 13장을 부분적으로 떼어서 말하기는 매우 조심스럽고 송구스러운 일이기 때문이다.

"내가 사람의 방언과 천사의 말을 할지라도 사랑이 없으면 소리 나는 구리와 울리는 꽹과리가 되고 내가 예언하는 능력이 있어 모든 비밀과 모든 지식을 알고 또 산을 옮길 만한 모든 믿음이 있을지라도 사랑이 없으면 내가 아무것도 아니요 내가 내게 있는 모든 것으로 구제하고 또 내 몸을 불사르게 내줄지라도 사랑이 없으면 내게 아무 유익이 없느니라 사랑은 오래 참고 사랑은 온유하며 시기하지 아니하며 사랑은 자랑하지 아니하며 교만하지 아니하며 무례히 행하지 아니하며 자기의 유익을 구하지 아니하며 성내지 아니하며 악한 것을 생각하지 아니하며 불의를 기뻐하지 아니하며 진리와 함께 기뻐하고 모든 것을 참으며 모든 것을 믿으며 모든 것을 바라며 모든 것을 견디느니라 사랑은 언제까지나 떨어지지 아니하되 예언도 폐하고 방언도 그치고 지식도 폐하리라 우리는 부분적으로 알고 부분적으로 예언하니 온전한 것이 올 때에는 부분적으로 하던 것이 폐하리라 내가 어렸을 때에는 말하는 것이 어린아이와 같고 깨닫는 것이 어린아이와 같고 생각하는 것이 어린아이와 같다가 장성한 사람이 되어서는 어린아이의 일을 버렸노라 우리가 지금은 거울로 보는 것같이 희미하나 그때에는 얼굴과 얼굴을 대하여 볼 것이요 지금은 내가 부분적으로 아나 그때에는 주께서 나를 아신 것같이 내가 온전히 알리라 그런즉 믿음, 소망, 사랑, 이 세 가지는 항상 있을 것인데 그중의 제일은 사랑이라"(고린도 전서 13장).

미천하고 미천하며 어둡고 어두운 내 마음이 어찌, 저 깊고도 높고도 넓은 말씀을 다 받아 안을 것이며 그 가르침을 깨달아 알 것이랴. 다만 먹먹히 가슴에 안음으로 축복이요 감사요 은총임을 알 따름이다.

그러는 중, 특히 이런 대목은 가난하기 이를 데 없는 나의 가슴을 치고 울리면서 잔잔히 쓰다듬어 안아 주기 충분하다. "사랑은 오래 참고 사랑은 온유하며 시기하지 아니하며 사랑은 자랑하지 아니하며 교만하지 아니하며 무례히 행하지 아니하며 자기의 유익을 구하지 아니하며 성내지 아니하며 악한 것을 생각하지 아니하며 불의를 기뻐하지 아니하며 진리와 함께 기뻐하고 모든 것을 참으며 모든 것을 믿으며 모든 것을 바라며 모든 것을 견디느니라"(4-7절).

아, 이 상상하기조차 벅찬 하늘의 강물 같은 축복이여. 영원히 변치 못할 정금(精金) 같은 사랑의 약속이여. 나 이런 벅찬 축복과 은총 앞에 무슨 췌언(贅言)을 보태고 남길 수 있을까 보냐. 그래도 또다시 이렇게 분명하고도 분명한 인생의 진리, 영혼의 축복 앞에 잠시 두 손을 모으지 않을 수 없겠다. "그런즉 믿음, 소망, 사랑, 이 세 가지는 항상 있을 것인데 그중의 제일은 사랑이라"(13절).

내가 사랑하는
찬송가

성경 읽기와 마찬가지로 나의 찬송가에 대한 지식이나 사랑도 보잘것없는 수준이다. 하지만 그런대로 내가 좋아하는 찬송가 몇 가지는 말할 수는 있다.

처음 교회에 다니기 시작할 때 좋아한 찬송가는 속칭 "어메이징 그레이스"(Amazing Grace, 놀라운 은총)라고 불리는 "나 같은 죄인 살리신" 찬송가다. 이 찬송가는 가슴이 열리는 듯한 통쾌함과 함께 웅장함까지 주는 찬송가다. 천지창조의 비밀 같은 것을 느끼게 하는 찬송가라 그럴까.

나 같은 죄인 살리신 주 은혜 놀라워/ 잃었던 생명 찾았고 광명을 얻었네// 큰 죄악에서 건지신 주 은혜 고마워/ 나 처음 믿은 그 시간 귀하고 귀하다// 이제껏 내가 산 것도 주님의 은혜라/ 또 나를 장차 본향에 인도해 주시리// 거기서 우리 영원히 주님의 은혜로/ 해처럼 밝게 살면서 주 찬양하리라.

이 찬송가는 찬송가의 범위를 넓혀 일반 대중의 노래로도 불리고 미국에서는 국가적으로나 개인적으로 고난이나 비통한 일이 있을 때마다 제2의 애국가처럼 사람들이 부른다니 노래의 힘이 얼마나 큰 것인가를 짐작하게 하는 노래다.

그다음으로 내가 좋아한 찬송가는 "하늘 가는 밝은 길이"라는 노래다. 이 노래는 1981년도 외할머니가 고달픈 청상과부의 생애를 마감하고 세상을 뜨셨을 때 뒤늦게 찾아가 잠드신 외할머니 곁에서 혼자서 울면서 부른 노래다. 그날이 마침 12월 25일, 그해의 크리스마스 날이었고 외할머니의 연세는 71세였다.

하늘 가는 밝은 길이 내 앞에 있으니/ 슬픈 일을 많이 보고 늘 고생하여도/ 하늘 영광 밝음이 어둔 그늘 헤치니/ 예수 공로 의지하여 항상 빛을 보도다// 내가 염려하는 일이 세상에 많은 중/ 속에 근심밖에 걱정 늘 시험하여도/ 예수 보배로운 피 모든 것을 이기니/ 예수 공로 의지하여 항상 이기리로다// 내가 천성 바라보고 가까이 왔으니/ 아버지의 영광 집에 나 쉬고 싶도다/ 나는 부족하여도 영접하실 터이니/ 영광 나라 계신 임금 우리 구주 예수라.

- 새찬송가 493장 "하늘 가는 밝은 길이" 전문

나이가 들고 그런대로 교회 예배도 좀 지속적으로 출석하면서 내가 좋아하게 된 찬송가는 "지금까지 지내 온 것"과 "사철에 봄바람 불어 잇고" 두 곡이다. 특히 "사철에 봄바람 불어 잇고"는 내가 사는 공주 출신 작곡가인 구두회 교수(숙명여대)가 작곡한 곡인데 공주 사람들이 잘 몰라 섭섭하게 생각하면서 내가 사랑한 찬송가이기도 하다. 두 곡 모두 인생의 보람과 만족을 느끼게 해 주는 곡인데 부르고 나면 행복감에 젖기도 한다.

지금까지 지내 온 것 주의 크신 은혜라/ 한이 없는 주의 사랑 어찌 이루 말하랴/ 자나 깨나 주의 손이 항상 살펴 주시고/ 모든 일을 주 안에서 형통하게 하시네// 몸도 맘도 연약하나 새 힘 받아 살았네/ 물 붓듯이 부으시는 주의 은혜 족하다/ 사랑 없는 거리에나 험한 산길 헤맬 때/ 주의 손을 굳게 잡고 찬송하며 가리라// 주님 다시 뵈올 날이 날로날로 다가와/ 무거운 짐 주께 맡겨 벗을 날도 멀잖네/ 나를 위해 예비하신 고향 집에 돌아가/ 아버지의 품 안에서 영원토록 살리라.

- 새찬송가 301장 "지금까지 지내 온 것" 전문

사철에 봄바람 불어 잇고 하나님 아버지 모셨으니/ 믿음의 반석도 든든하다 우리 집 즐거운 동산이라/ 고마워라 임마누엘 예수만 섬기는 우리 집/ 고마워라 임마누엘 복되고 즐거운 하루하루// 어버이 우리를 고이시고 동기들 사랑에 뭉쳐 있고/ 기쁨과 설움도 같이 하니 한 간의 초가도 천국이라/ 고마워라 임마누엘 예수만 섬기는 우리 집/ 고마워라 임마누엘 복되고 즐거운 하루하루// 아침과 저녁에 수고하여 다 같이 일하는 온 식구가/ 한 상에 둘러서 먹고 마셔 여기가 우리의 낙원이라/ 고마워라 임마누엘 예수만 섬기는 우리 집/ 고마워라 임마누엘 복되고 즐거운 하루하루.

- 새찬송가 559장 "사철에 봄바람 불어 잇고" 전문

하지만 뭐니 뭐니 해도 나에게 특별한 의미를 주는 찬송은 "세상에서 방황할 때"(주여 이 죄인이)란 복음 찬송이다. 왜 내가 이 찬송을 좋아하고 오늘까지 못 잊어 하는가? 역시 그 까닭은 내가 죽을병에 걸려서 신음하던 날과 관계가 있다. 2007년 5월 25일부터 8월 20일까지 약 3개월은 내가 서울아산병원에서 죽음의 사투를 벌이던 기간이다.

그때 나는 너무나도 마음이 힘들고 괴로워 무엇이든 위로를 얻고 응원을 받고 싶었다. 그때 공주에 살면서 시를 쓰던 친지였던 유계자 씨에게 전화를 걸어 가사를 베꼈던 찬송이다. 이 노래를 아내와 나는 얼마나 여러 차례 울면서 불렀는지 모른다. 지금도 나는 이 노래를 울지 않고서는 끝까지 부르지 못한다. 감히 이 찬송은 나의 노래, 내 영혼의 노래라 할 것이다.

세상에서 방황할 때 나 주님을 몰랐네/ 내 맘대로 고집하며 온갖 죄를 저질렀네/ 예수여 이 죄인도 용서받을 수 있나요/ 벌레만도 못한 내가 용서받을 수 있나요// 많은 사람 찾아와서 나의 친구가 되어도/ 병든 몸과 상한 마음 위로받지 못했다오/ 예수여 이 죄인을 불쌍히 여겨 주소서/ 의지할 것 없는 이 몸 위로받기 원합니다// 이 죄인의 애통함을 예수께서 들으셨네/ 못 자국 난 사랑의 손 나를 어루만지셨네/ 내 주여 이 죄인이 다시 눈물 흘립니다/ 오 내 주여 나 이제는 아무 걱정 없습니다// 내 모든 죄 무거운 짐 이젠 모두 다 벗었네/ 우리 주님 예수께서 나와 함께 계신다오/ 내 주여 이 죄인이 무한 감사 드립니다/ 나의 몸과 영혼까지 주를 위해 바칩니다.

- 복음 찬송 "세상에서 방황할 때" 전문

하나님께

하나님. 저는 당신의 이름을 부를 만한 자격이 없는 사람입니다. 하오나 저는 날마다 순간마다 당신의 이름을 부릅니다. 하나님. 하나님. 저를 용서해 주시고 저를 조금만 더 참아 주소서. 습관처럼 당신의 이름을 부르고 아이처럼 당신에게 매달립니다.

아침에 잠에서 깨어 당신의 이름을 부르고, 저녁에 잠자리에 들 때 당신의 이름을 부릅니다. 하나님. 오늘 하루 주신 목숨에 감사하며 오늘도 보람 있게 하루를 살게 하옵소서. 오늘도 하루 잘 살고 죽습니다. 내일 아침 잊지 말고 깨워 주십시오.

제가 드리는 말씀은 차마 기도가 되지도 못합니다. 그냥 어린아이의 투정이요 억지 수준일 뿐입니다. 하지만 하나님은 저의 청을 물리치지 않고 잘 들어주십니다. 제가 세상에 와서 받은 어떠한 도움과 은혜라도 하나님께 받은 은혜에 비할 수 없습니다.

차라리 그것은 기적입니다. 그렇지요, 기적. 제가 하나님을 믿고 인정하고 저의 심령으로 하나님을 받아들인 것 자체가 기적이지요. 믿기지 않는 것을 믿는 것이 은총이요 받을 수 없는 것을 받아들이는 것이 신앙인 것을 저는 흐릿하게나마 짐작합니다. 애당초 하나님 자신이기도 하신 예수님이 인간을 위해 십자가에 못 박혀 죽으신 것이 은총이요 그것을 믿는 것 자체가 기적입니다.

제가 어찌 그것을 처음부터 알았겠는지요. 워낙 다급하고 힘드니까 제가 알게 된 일이겠지요. 하나님을 찾은 것이지요. 애당초 저는 합리적인 구석이 있는 사람이긴 하지만 신앙적인 인간은 아니었습니다. 어려서의 삶, 성장 과정부터가 그러했습니다.

부끄러운 말씀입니다만 저의 집안은 무당을 섬기는 집안이었습니다. 할머니가 무당을 따라다니며 뒷일을 해 주는 분이었고 끝내는 안방에 딸린 골방에 조그만 신당을 차려 놓고 아침저녁 손을 모아 비는 분이었습니다. 밖에 나갔다 온 손자들에게도 당신의 신당에 절하라고 시키곤 했습니다.

아버지나 어머니도 이를 묵인했고 동생들도 할머니가 시키는 대로 따랐습니다. 집안에서 오직 한 사람 저만 할머니를 따르지 않았습니다. 제가 처음부터 하나님을 알거나 신앙심이 있어서 그런 건 아닙니다. 다만 유년 시절을 외할머니 집에서 지냈기 때문에 그런 것입니다.

저는 세 살부터 열두 살까지 외갓집에서 외할머니와 함께 살았습니다. 외할머니 손에 자란 셈이지요. 외할머니는 서른일곱 살에 청상과부가 되신 분. 집안에 가족이 아무도 없어 제가 외할머니의 막둥이 아들처럼 맡겨져 길러진 것입니다.

외할머니는 처음부터 기독교 신자는 아니었지만 적어도 무속을 따르는 분은 아니었습니다. 마을 가까이 조그만 절이 있어 가끔 그 절을 다니며 기도하는 분이었습니다. 어린 제가 그런 외할머니는 따라다닌 기억이 있습니다. 그러므로 저는 할머니의 신당에 절을 할 수는 없었던 것이지요.

저의 집안에 기독교 신자로서 처음 들어온 사람은 저의 아내 김성예입니다. 제가 아내와 결혼한 것은 1973년 10월. 하지만 아내는 일요일이 되어도 교회에 나가지 못했습니다. 할머니나 집안 식구들 눈치를 살펴야 하기 때문이었지요. 저는 비록 신자는 아니지만 그런 아내가 안타까웠습니다.

아내가 마음 놓고 교회에 다니기 시작한 것은 그로부터 1년 반 뒤인 1975년 3월부터입니다. 제가 막동리 고향 집에서 셋방을 얻어 장항읍으로 이사를 하고 그곳 학교로 전근을 한 뒤로의 일입니다. 그러고는 오랜 세월 가늘고도 긴 저의 교직 생활과 문필 생활이 이어졌습니다.

어느덧 저희 부부는 장년의 나이를 지나 노년에 이르렀고,

저는 교직에서 물러나야 하는 해에 도달했습니다. 저희에게는 이미 성인이 된 아들과 딸이 있었고 저는 공주에서 살면서 초등학교 교장으로 8년을 근무하고 난 뒤였습니다.

2007년 3월. 이제 6개월만 잘 지내고 교직에서 물러나 노년의 삶을 살자 그랬는데 그 3월 1일 새벽에 그만 일이 생겨 버린 것입니다. 배 안의 쓸개가 100퍼센트 터져 버린 것입니다. 정확히 말한다면 쓸개의 줄에 생긴 담석이 쓸개의 줄을 터트려 쓸개 물이 배 속으로 쏟아져 나온 것입니다.

급하게 대전의 한 대학병원을 찾아 입원했으나 살아날 가망은 없었습니다. 담당 의사는 사흘간의 여유가 있으니 장례 준비나 하라 말했다고 하니까요. 병명은 담즙성 범발성 복막염. 쓸개의 물인 담즙이 원인이 되어 배 전체가 복막염을 일으켰다는 건데, 끝내는 췌장염으로 번져 치료 불가 상태가 되었습니다. 나중에 들은 이야기입니다만 그런 환자가 살아날 확률은 10만 분의 1이라고 하니 이야말로 기적이 아니었나 싶습니다.

그 어떤 방법으로도 살아날 수 없다고 그랬습니다. 그런데 살아났습니다. 담당 의사는 수술 불가, 치료 불가, 패혈증 직전이니 당신은 이제 하루 한 시간이나 몇 분을 아껴서 써야 할 때가 되었노라 말했습니다. 믿을 건 오직 자신 안에 있는 자생력(自生力)뿐이라 했습니다. 그런데 정말 죽지 않고 살아났습니다. 이야말로 기적이 아니고 무엇이겠습니까!

그때 저는 기도했지요. 살기 위해서, 죽고 싶지 않아서, 급하고 급하니까 기도할 수밖에 없었지요. "하나님, 저는 지금 절벽 앞에 서 있는 사람입니다. 부디 저를 밀지 마십시오. 조금만 밀어도 저는 떨어집니다. 하나님, 부디 당신의 향기롭고 선하고 힘 있는 오른팔로 저를 붙잡아 주십시오."

저의 기도는 매우 어리석고 매우 단순하고 그리고 지루하고 또 지루했습니다. 한 시간이나 두 시간이 아니라 세 시간, 네 시간씩 같은 말만 되풀이, 되풀이하는 것이 저의 기도였으니까요. 아내의 기도 또한 한 가지 말만 되풀이하는 지루하고도 지루한 기도이기는 마찬가지였습니다. "하나님, 저 사람 기어코 살려 주십시오. 저 사람 살려 주시지 않으면 저는 저 사람 따라서 죽을 수밖에 없습니다."

하나님은 그때 저희 기도를 들으시고 얼마나 답답하셨을까요? 분명히 죽어야 하는 사람이 살려 달라 그러고, 한 여자는 따라서 죽겠노라, 협박하고 있었으니 얼마나 답답하셨을까요?

그래서 끝내는 하나님이 허락하셨습니다. "에라 모르겠다. 너희들 소원대로 하려무나." 하나님은 그렇게 허락하셨습니다. 저를 살려 주시고 저의 아내를 살려 주신 것입니다. 그로부터 저의 새로운 인생이 시작되었고 시인으로서 인생도 바뀌었습니다. 세상 사람들이 저의 시를 받아들여 준 것이지요.

그뿐이 아닙니다. 저의 집에도 놀라운 변화가 일어났습니다. 하나님을 부정하던 저희 아버지, 어머니가 드디어 하나님의 제자가 된 것입니다. 분명 죽어야 할 아들이 살아나는 것을 보고 도저히 인정하지 않을 수 없었던 것이지요. 고향 가까운 교회에 나가면서 늦은 대로 집사님이 되기도 하신 것입니다. 이 또한 기적이 아니고 무엇이겠는지요!

이를 일러 저의 아내 김성예는 36년 만에 일어난 또 하나의 기적이라고 말을 합니다. 조그만 하나님의 씨앗인 저의 아내 김성예가 저의 집으로 시집을 온 지 36년 만에 일어난 일이었으니까 말입니다.

다만 감사와 기쁨의 강물이 있을 따름입니다. 감사합니다, 하나님. 우리가 당신을 알지 못할 때에도 당신은 우리를 알고 계셨으며, 우리가 당신을 외면하고 있을 때에도 당신은 우리를 보고 계셨으며, 우리가 당신을 선택하지 않았을 때에도 당신은 우리를 선택하고 계셨습니다.

하오나 그러한 은혜 가운데 사는 저희인데도 저희는 순간순간 당신을 배반하고 당신 눈을 속이며 엉뚱한 삶을 삽니다. 성결이나 거룩함보다는 비천함이나 쾌락 쪽으로 눈을 돌립니다. 하나님, 용서하옵소서. 징벌을 늦추시옵소서. 가망 없는 인간일망정 기다려 주옵시고 축복해 주옵소서. 염치없이 다급한 마음으로 또다시 비옵니다.

"사랑은 과연 우리에게 구원이었던가. 함정이었던가.
구원이면서도 함정이었던 사랑. 사랑이야말로 인생의
참된 에너지. 끝까지 버리지 못할 마지막 소망의 나라.
사랑으로 최초의 인간관계가 시작되고
사랑으로 최후의 인간관계가 완성된다."

4부

네 말 좀
들려 다오

되고 싶은
사람

"너 이담에 커서 무엇이 될래?" 이것은 예전, 우리가 어린 사람이었을 때 어른들이 자주 물었던 말이다. "너는 앞으로 무엇을 하는 사람이 되고 싶으냐?" 장래 희망을 그렇게 물었던 것이다. 그럴 때마다 어린 우리는 대답을 하지 못하고 어리벙벙한 표정으로 고개만 숙이고 있었던 기억이 있다.

장래의 희망, 내일 내가 되고 싶은 사람. 그것은 실은 어린 사람만의 것은 아니다. 사람이 일생을 살면서 언제나 가슴에 품고 살아야 할 삶의 지표이며 또 미래의 자화상 같은 것이기도 하다. 아이들만이 아니라 어른도 자신을 위한 이상적인 모습이 있어야 한다는 말이다.

만약에 그렇지 아니할 때 어떻게 되는가? 그냥 그대로 흐느적흐느적 생동감 없이 사는 목숨이 될 것이다. 개울물 위에 떠서 아래로 떠내려가는 생명 없는 낙엽 같은 신세가 될 것이다.

공주 시내를 가로지르는 개울이 있다. 그 이름이 제민천. 제민천 길을 자전거를 타고 지나다니다가 가끔은 자전거를 세워 놓고 개울물을 멍하니 들여다볼 때가 있다. 물속에 물고기가 있나 없나를 살피기 위해서다.

더러는 흐르는 개울물 속에 그대로 멈춰 서 있는 듯한 물고 기를 본다. 그러나 그것은 보는 사람이 그렇게 느꼈을 뿐 절대 로 그런 게 아니다. 물고기가 흐르는 물속에서 제자리에 서 있 는 것처럼 보였다면 적어도 그 물고기는 흐르는 물의 속도만큼 헤엄을 치고 있었다는 걸 말해 준다.

더구나 상류로, 조금이라도 상류 쪽으로 올라갔다면 물의 속 도보다 세게 헤엄을 쳐야만 가능한 일이 된다. 우리는 이것을 알아야 한다. 이것을 잊지 말아야 한다. 헤엄치지 않고 가만히 있는 물고기는 살아 있는 물고기가 아니다.

아무리 그가 나이 먹은 사람이라 해도 마음속에 삶의 목표를 갖지 않으면 제대로 살아가는 사람이라고 말하기 어렵다. 저녁 에 잠을 잘 때도 오늘 하지 못한 일을 내일 하겠다 다짐하는 사 람이어야 하고, 아침에 일어나서도 어제 미처 하지 못한 일을 오늘 기어코 이루리라 생각하면서 새로운 일을 계획하는 사람 이어야 한다.

개울물을 따라서 흘러가는 낙엽 같은 존재가 될 것인가. 아 니면 그 자리에 멈춰 서 있는 물고기가 될 것인가. 나아가 조금 이라도 상류 쪽으로 올라가는 물고기가 될 것인가. 그것은 오로지 사람마다 알아서 선택할 문제다.

무릇 세상의 변화는 두 가지다. 좋은 쪽으로의 변화와 나쁜 쪽으로의 변화. 앞의 변화를 우리는 '진화'라 부르고 뒤의 변화를 우리는 '퇴화'라 부른다. 진화하는 사람이 될 것인가 퇴화하는 사람이 될 것인가. 그 역시 그 자신이 결정할 문제다.

진화하는 사람이 되기 위해서는 가슴속에 또 하나의 자화상을 간직하며 살아야 한다. 자기가 되고 싶은 사람을 말한다. 어렸을 때는 어른들이 우리에게 "너 앞으로 무엇을 하는 사람이 되고 싶으냐?" 물었다면 이제는 나 자신이 나에게 그렇게 물어야 한다.

사람이 미래의 소망 없이는 한순간도 살아갈 수 없는 일이다. 그것을 나는 '마음속에 간직한 별'이라고 말하기도 한다. 마음에 별을 간직한 사람은 결코 다른 사람과 자기를 비교하지 않는다. 타인을 경쟁 상대로 삼지 않는다.

그 사람의 비교 대상, 경쟁 상대는 오히려 나 자신이다. 그 사람의 삶의 목표는 어제보다 나은 나 자신이 되는 일이다. 어제보다 나은 나 자신이 되는 일. 이 얼마나 멋진 삶의 목표인가! 그럴 때 그는 날마다 변하는 사람, 진화하는 사람이 될 것이다. 스스로 빛나는 사람이 될 것이다.

남을 따라서 살 일이 아니다/ 네 가슴에 별 하나/ 숨기고서 살아라/ 끝내 그 별 놓치지 마라/ 네가 별이 되어라.

이것은 내가 서울 코엑스 스타필드를 위해서 몇 년 전에 써 준 "너는 별이다"란 시다.

버 킷 리 스 트

오늘도 종일, 계룡산 도예촌의 한 도예방을 찾아 도자기에 그림을 그리고 글씨를 쓰다가 왔다. 새봄이 오면 시화 도예전을 열기 위해서다. 그렇다고 내가 전문적인 화가나 서예가 실력으로서 그런 건 아니다. 다만 시인으로서 오래전부터 도자기에 내 서툰 글씨와 그림을 넣어 시화 도예전을 열고 싶은 것이 하나의 소망이었기에 그 소망을 실현하기 위해서 그런 것이다.

그러하다. 나는 시화 도예전을 열어 보는 것이 소망이었다. 이른바 버킷 리스트의 한 항목이었던 셈이다. 버킷 리스트(bucket list). 죽기 전에 해 보고 싶은 일들의 항목. 나에게 버킷 리스트란 말은 한동안 서양 영화의 한 제목이었을 뿐이다. 그런데 그 말이 나에게 유의미한 말로 다가온 것은 2007년도 내가 죽을병에 걸려 병원에 묶여 살 때의 일이다.

오늘 죽을지 내일 죽을지 모르는 위급 환자로서 살고 있었지만 나는 그때 해 보고 싶은 일들이 많았다. 오히려 죽음 앞에 섰기에 더욱 그랬을지 모르는 일이다. 가장 급한 일은 병원에서 퇴원하는 사람이 되는 것. 그리고는 내가 살던 공주로 돌아가는 것. 내 집으로 가서 내 방에서 생활하는 것. 그리고 병원으로 떠나올 때 머리맡에 두고 온 책의 나머지 부분을 마저 읽는 것. 무엇보다도 40년 넘게 이어 온 교직에서 정년 퇴임을 제대로 해 보고 싶었다.

생각해 보니 버킷 리스트, 나에게 버킷 리스트란 것이 별것이 아닌 일들이었다. 평소 같으면 눈감고 무심하게 지나쳤을 일들이 사무치게 그립고 그 일을 해 보고 싶은 것이었다. 그렇구나. 사람이란 생명체가 이렇게 상실을 겪은 뒤에야 그 일을 간절하게 해 보고 싶고 원래의 자리로 돌아가고 싶어 하는 어리석은 존재로구나. 그렇다면 나는 지금까지 얼마나 잘못 살아온 인생인가!

내가 세상에 나와/ 해보지 못한 일은/ 스키 타기, 요트 운전하기, 우주선 타기,/ 바둑 두기, 그리고 자동차 운전하기/ (그런 건 별로 해보고 싶지 않고)// 내가 세상에 와서/ 제일 많이 해본 일은/ 책 읽기와 글쓰기, 사람들 앞에서 말하기,/ 컴퓨터 자판 두드리기, 자전거 타기,/ 연필그림 그리기, 마누라 앞에서 주정하기,/ 그리고 실연당하기/ (이런 일들은 이제 그만해도 좋을 듯하고)// 내가 세상에 나와/ 꼭 해보고 싶은 일은/ 사막에서 천막 치고 일주일 정도 지

내며 잠을 자기,/ 전영애 교수 번역본『말테의 수기』끝까지 읽기,/ 너한테 사랑한다는 말을 듣기./ (그런 일들을 끝까지 나는 이룰 수 있을는지……)

- 나태주, "버킷 리스트" 전문

그로부터 버킷 리스트의 세항들이 차례로 떠올랐다. 가장 먼저 공주의 메인 스트리트라고 할 공주고등학교 앞에서부터 공산성까지의 거리를 아무런 약속 없이 아무런 볼일도 없이 휘적휘적 팔을 저으며 천천히 걸어 보고 싶었다. 그리고는 몇 권의 책을 주제별로 써 보고 싶었다. 그때 내가 생각한 책의 주제는 "질병", "고향", "풀꽃", "시", "사랑" 등 다섯 가지였다.

그래서 어쨌는가? 정말로 기적적으로 퇴원하여 그 일들을 나는 차례대로 해 보았다. 그러면서 인생이란 것이 이렇게 간절한 것이고 소중한 것이고 가슴 벅차게 다가오는 것이란 것을 새삼 깨닫게 되었다. 아, 그것은 내 딴으로는 처음 겪어 보는 일. 그러기에 6개월 동안의 치열한 병원 생활은 결코 헛된 것이 아니었다. 그것은 비싼 대가를 치르고 얻은 인생 공부였다.

그동안 나는 스스로 해 보고 싶은 일들을 꾸준히 실천해 온 사람이라 말할 수 있겠다. 50권이 넘는 창작 시집, 여러 권 산문집에 이어 동화집도 내 보았고 필사 시집, 컬러링북, 일력 시집은 물론 한국 시인으로서는 최초로 만화 시집, 향기 시집까지 내 보았다. 게다가 공주에 풀꽃문학관을 설립하여 10년 동안 운영해 왔으며 이제 새로운 문학관 개관을 준비 중이다. 전혀 가망이 없던 터에서 싹을 틔워 열매를 맺은 격이다. 감사하고 감사한 일이라 할 것이다.

생각해 보면 버킷 리스트란 것이 별것이 아니다. 날마다 순간마다 사는 일상이 그대로 버킷 리스트다. 사소한 일이라도 천천히 최선을 다해서 정성껏 사는 것이 버킷 리스트를 완수하는 일이다. 어쨌든 열심히 최선을 다해 생명의 마지막 날까지 살아야 한다. 그 길만이 가장 아름답고 선한 인생의 실현이다.

그렇다면 말이다. 오늘 내가 계룡산 도예촌의 한 집 이소도예에 가서 그 집 주인 임성호 도예가와 그의 어여쁜 부인 권명희 여사와 공동 작업을 하고 온 일은 참 잘한 일이라 할 것이요 버킷 리스트의 한 아름다운 실현이라 할 것이다.

아 직 도

집 안에서 아내와 함께 있을 때를 제외하고 나는 언제나 모자를 쓴다. 잠시 아파트 마당에 나갈 때도 모자를 쓴다. 머리칼이 별로 없기 때문이고 머리칼이 별로 없는 나의 모습을 남에게 보이고 싶지 않은 까닭이다.

아내의 생각도 마찬가지다. 텔레비전 방송에 나갈 때에는 절대로 모자를 벗지 말라고 당부하는 사람이 아내이니까 말이다. 최근 들어 나를 본 사람은 누구나 모자 쓴 나의 모습만을 기억할 것이다. 그만큼 나는 모자와 가까운 사람이 되었다.

그래 그럴까. 나를 아는 사람들은 나에게 모자 선물을 잘한다. 아, 저 사람이 모자를 잘 쓰고 다니는 걸로 보아 모자를 사서 주면 좋아하겠구나 싶어서 그러는 것 같다. 아닌 게 아니라 나에게는 모자가 아주 많다. 아직 한 번도 쓰지 않은 모자도 여러 개 있다.

그런 나도 가끔은 나의 머리를 쓰다듬을 때가 있다. 아침이

나 저녁, 목욕하거나 머리를 따로 감았을 때다. 거울을 보고 빗으로 머리를 빗고 또 손으로 만지기도 한다. 아, 아직도 나에게 머리칼이 남아 있구나, 그런 생각을 하면 매우 다행스런 마음이 든다.

여기서 '아직도'란 생각이나 느낌이 중요하다. 아직도 나에게는 이만큼이나 남아 있다고 생각하는 사람과 겨우 이것밖에 남아 있지 않다고 생각하는 사람은 아주 많이 다른 사람이다. 과장해서 말하면 천지 차이로 다른 사람이다.

유명한 이야기를 우리는 기억하고 있다. 반병 남은 포도주에 대한 이야기다. 포도주 병에 아직도 포도주가 반병이나 남았다고 여기는 사람의 삶과 겨우 반병밖에 남지 않았다고 여기는 사람의 삶은 너무나도 다른 삶이다. 앞의 사람이 희망을 바라는 사람이라면 뒤의 사람은 절망을 보는 사람이다.

조금은 엉뚱한 비약이긴 하지만 나는 여기서 이순신 장군의 《난중일기》 가운데 한 문장을 떠올린다. "상유십이(尙有十二) 순신불사(舜臣不死)"(이순신, 나에게는 아직도 12척의 배가 남아 있으니 결코 죽지 않는다). 갑절도 넘는 적군의 전선 앞에서 이렇게 다짐하며 자신을 추스르고 병사들을 또한 다스렸던 이순신 장군.

이 얼마나 위대한 인간의 정신이요 승리인가! 모름지기 우리도 '아직도'라는 생각과 느낌으로 살아야 할 일이다. 인생의 하루하루뿐만 아니라 목숨의 마지막 순간까지 재깍재깍 초침

하나까지 최선에 최선을 다해 그렇게 살아 내야 할 일이다. 그런 의미에서 나는 아직도 몇 가닥 남은 나의 머리칼을 감사하게 생각한다.

길

내가 길에 대해서 느끼고 생각하고 알게 된 것은 초등학교 다닐 무렵이다. 외갓집과 친가 사이를 오가는 길. 구체적으로 말한다면 서천군 시초면과 기산면 사이의 소왕굴뜰. 논길이었고 밭길이었고 개울길이었다. 시오리쯤 되었을까.

처음 그 길은 어머니의 길이었을 것이다. 어머니가 시집간 길이었고 친정 나들이를 한 길이었고 아이들 업고 힘겹게 오가던 길이었을 것이다. 나 또한 어머니 등에 업혀서 그 길에 수없이 여러 차례 있었을 것이다. 물론 거기에 대한 기억은 없다.

어머니 등에서 내려 내 힘으로 걷기 시작하면서 그 길은 나의 길로 편입되었다. 첫 번째로 분명한 기억은 여섯 살 되던 해 9월, 아버지를 따라 초등학교에 입학하기 위해 친가로 가던 날의 길이다. 앞서가는 아버지의 등은 무서웠고 소왕굴뜰 둑길에 매인 황소의 뿔은 더욱 무서웠다.

그 뒤로 그 길은 나 혼자만의 길이 되었다. 초등학교 졸업할 때까지 외갓집에서 외할머니와 둘이서만 살던 나. 외할머니는 때만 되면 나를 친가로 보내셨다. 손에는 무언가를 담은 보퉁이가 들려 있었을지도 모르는 일. 일정 기간 그렇게 친가에 머물다가 다시 외갓집으로 돌아오곤 했다.

외갓집과 친가 사이를 오가면서 나는 묘한 심정을 자주 느끼곤 했다. 외갓집에서 살 때는 친가 식구들이랑 친가에서 있었던 일들이 아슴아슴 떠오르고, 친가에 머물 때는 외갓집과 외할머니가 마냥 궁금한 마음인 거였다. 이건 도대체 어디서부터 오는 감정의 비약이란 말인가. 어린 나로서는 이해하기가 쉽지 않았다.

그리고 이런 또 마음. 친가에서 며칠 지내다가 외갓집으로 돌아가려고 막상 집을 나섰을 때, 등을 돌린 친가가 멀어지는 마음이고 앞으로 향한 외갓집이 와락 가까워지는 마음 같은 거. 그것이 심리적 거리라는 걸 어린 내가 이해하기는 더욱이나 어려웠다.

외갓집과 친가 사이의 길. 시오리쯤 되는 그 길. 논길이고 밭길이고 개울길이기도 한 그 길은 나에게 그리움과 애달픔을 가르쳐 준 길이다. 그 길 위에서 나는 수없이 많은 풀과 나무와 벌레와 짐승을 보았고 바람과 눈비와 안개를 만났다. 하늘을 우러렀고 구름을 또 보았다.

같은 자연이나 풍경이라 해도 보는 시간이나 방향에 따라 얼마든지 새롭게 달리 보인다는 걸 알게 된 것도 그 길을 오가면서 배운 것 가운데 하나다. 가령 5월이나 6월, 외갓집에서 친가에 다녀온 며칠 사이 외가 마을이 전혀 다른 마을로 바뀐 것을 볼 때도 있었다. 그 며칠 사이 나무의 나뭇잎이 자라서 그렇게 보인다는 걸 어린 나는 미처 알지 못하고 그저 신기하고 어리둥절하기만 했던 것이다.

그러하다. 길은 나에게 선생님이다. 길은 나에게 동행자다. 반려다. 인생 그 자체다. 하루하루 인생을 산다는 건 낯선 길이든 낯익은 길이든 길을 걷는다는 것이다. 내 앞에 깡그리 길이 사라지는 날, 나의 인생도 사라질 것이다. 누군가에게 길이 있다는 건 그의 인생이 아직도 진행형이란 것을 말해 준다. 길은 사랑이고 희망이고 미래이고 설렘이다. 주어진 길을 아끼고 사랑할 일이다.

《논어》,
인생의 지침

시를 오래 써 온 사람이니 시집 읽기는 당연한 일이었을 것이요, 취미가 그림 보는 것이었으니 그림에 관한 책을 자주 기웃거렸을 것이다. 더불어 소설집이나 수필집, 동화집 같은 책을 읽었을 것이고 야간의 사상서나 철학, 종교 서적을 읽었을 것이다.

그런 가운데 인생의 지침이 되고 어려운 곡절을 살 때 터닝 포인트가 되어 준 책을 말하라면 궁색한 대로 몇 권의 책을 댈 수가 있겠다. 헨리 데이비드 소로(Henry David Thoreau)의 《월든》, 공자의 《논어》, 노자(老子)의 《도덕경》, 후지와라 신야의 《인도방랑》(작가정신, 2009), 브루노 바우만(Bruno Baumann)의 《돌아올 수 없는 사막, 타클라마칸》(다른우리, 2004), 한병철의 《피로사회》(문학과지성사, 2012) 등이 그런 책들이다.

기독교 신자라면서 왜 성경을 우선적으로 챙기지 않느냐 그러겠지만 성경은 신앙 그 자체의 책이요 영혼을 다룬 책이라

독서의 범위에 넣을 정도의 책이 아니다. 성경은 성경 그대로 가치와 무게를 지닌 책이니까.

그리고 《논어》는 종교 서적이 아니란 점을 말해 두고 싶다. 《논어》는 인생에 관한 책이요 처세를 다룬 책이다. 종교를 떠나서 모든 사람은 《논어》를 읽어야 하고 《논어》 속에서 인생의 지침을 찾아야 한다고 생각한다.

만약, 사람이 세상에 태어나서 《논어》를 제대로 읽지 않고 살았다면 그 사람은 세상을 헛되게 산 것이요, 기필코 《논어》를 읽어야 한다고 본다. 그런 관점에서 내가 좋아하는 내용, 내가 살면서 인생에 도움을 받은 《논어》의 구절을 적어 보면 이러하다. (내가 읽는 《논어》는 김종무[金鍾武] 선생의 《논어신해》[論語新解, 민음사, 1989]란 책이다.)

빈이무첨(貧而無諂) **부이무교**(富而無驕) 《논어》 학이편)

40대 무렵 나는 사는 형편이 너무나 가난하고 곤고(困苦)하여 이 두 구절을 가슴에 새기며 살았다. 다만 힘든 마음으로 신음을 견디듯 그랬다 할 것이다. 당장은 내가 '가난하고 낮은 자리의 사람이지만 나보다 넉넉하고 높은 자리에 있는 사람에게 지나치게 아첨하지 않는 것(빈이무첨)'이 삶의 목표였다. 그렇게 잘 견뎠다. 그러나 나이가 들어 보니 그보다 더 어려운 것은 그다음 구절인 '부자가 되고 윗사람이 되어도 교만하게 행동하지 않는다(부이무교)'였다. 그래서 사람은 좀 변해 보고 나이도 들어 보아야 인생의 참맛을 알겠구나 싶은 생각이 들었다.

절차탁마(切磋琢磨)(《논어》 학이편)

이 구절은 시에 대한 설명 내용이다. '시는 옥을 다듬을 때처럼 칼로 자르듯이 하고 줄칼로 쓸듯이 하고 정으로 쪼아 내듯이 하며 갈아서 광택을 내듯이 해야 한다.' 어찌 그것이 시에서만 그러겠는가. 인생이든 사업이나 학문이든 그렇게 하는 것이 가장 좋은 길일 것이다. 이 구절은 나로 하여금 인생을 정성껏 다듬으며 사는 길을 가르쳤고 시를 쓰더라도 주옥편을 지향하도록 가르쳐 주었다.

온고지신(溫故知新)(《논어》 위정편)

이 구절은 자주 일상생활에서도 인용되는 문장으로 '옛것을 익히고 새것을 안다'는 뜻이다. 우리가 사는 데 옛것과 새것을 동시에 존중하고 활용함은 매우 중요하고 필요 적절한 삶의 방책이다. 이어령 선생이 말한 '디지로그'(디지털과 아날로그의 합성어)도 바로 이것을 말함일 것이다. 옛것과 새것의 조화가 급하고도 소중하다. 옛것만 고집하면 고루해지고 새것만을 따르면 경박해진다. '온고지신', 이 구절은 내 생애를 두고 삶의 지표요 삶의 이정표였다 할 것이다.

지자불여호자(知者不如好者) 호자불여락자(好者不如樂者)《《논어》 옹야편)

1991년이라고 기억되는 어느 날, 서울의 한 출판 기념회장
에서 서정주 선생에게서 처음 들은 문장이 바로 이 문장이다.
선생은《예기》의 내용이라고 말씀하셨지만《논어》에 먼저 쓰
여 있던 문장이었던 것이다. '무언가를 아는 사람(知者)보다 좋
아하는 사람(好者)이 낫고, 그보다 더 나은 사람은 즐기는 사람
(樂者)'이라는 구절은 나의 인생을 송두리째 바꾸는 구절이 되었
다. 그때 내 나이 이미 46세. 그래도 그것은 충분히 좋은 때였
고 빠른 때였다.

화이부동(和而不同)《《논어》 자로편)

공자가 군자(君子)와 소인(小人)을 가려서 말할 때 나온 문장이
다. 군자는 '화합(和合)하고 뇌동(雷同, 줏대 없이 남의 의견에 따라 움직
임)하지 않는다'는 내용이다. 사회생활에서 화합하는 능력은 그
무엇보다도 중요한 덕목이다. 일찍이 화합할 줄 모르는 사람은
지도자로 세워서는 안 된다.

우리의 국어사전에도 나오는 말인데 인생 '사계'(四計)란 말에
도 화합은 중요한 덕목으로 나옴을 본다. 옮기면 이러하다. '하
루의 계획은 새벽에, 한 해의 계획은 봄에, 일생의 계획은 부지
런함에, 한집안의 계획은 화목함에 있다는 말.'

기소불욕(己所不欲) 물시어인(勿施於人)《《논어》위령공편)

공자의 제자인 자공(子貢)이 "선생님, 일생 동안 행할 만한 것
이 있습니까?", 물었을 때 공자가 대답한 말이다. '내가 원하지
않는 일은 남에게 베풀지 않는 것.' 그만큼 이것은 중요한 교훈
이다. 공자의 중심 사상이 '인'(仁)인데, 이 인의 실체를 유자(有
子)는 '충효'(忠孝)로 보았고 증자(曾子)는 '충서'(忠恕)로 보았는데
이 충서가 바로 "기소불욕 물시어인"이라는 것이다.

중국의 국가주석 시진핑의 어린 시절 가훈이 "기소불욕 물
시어인"이었는데 여기에 더하여 아래에 딸린 문장이 "타인방편
(他人方便) 자기방편(自己方便)"(남에게 잘하는 것이 나에게 잘하는 것이다)이
었다 한다. 참으로 좋은 문장이다. 오늘날 우리 세상이 이토록
시끄러운 것은 자기만 알고 타인을 몰라서 그런 것이다. 타인
을 배려하지 않아서 그런 것이다.

네 말 좀 들려 다오

인간은 어디까지나 이기적인 존재다. 비난할 일이 아니다. 이기적인 점이 생명 가진 존재의 한 특성이라 할 것이다. 생각해 보라. 이 세상에서 가장 소중한 사람이 누구인가? 나 자신이다. 내가 소중하기에 가족도 소중한 것이고 친구나 이웃도 좋은 것이다. 사랑하는 사람은 더 말할 것이 없다.

"내 말 좀 들어 다오." 이기적인 인간으로서 이 말은 매우 당연하고 기본적인 말이다. 생각이나 삶의 태도 역시 그럴 것이다. 그런데, 그런데 말이다. 어려서 젊어서는 모르겠지만 늙어서까지 끝까지 이런 말을 입에 달고 살면 곤란하다. 드디어 늙은 사람이 되었으니 좀 달라져야 하지 않을까.

이제는 "네 말 좀 들려 다오"로 바꾸어 살아야 한다. 어차피 인간은 자기 자신의 호소나 고백이나 요구를 타인에게 밝히며 살도록 되어 있다. 그게 본성이다. 이것은 내가 평생 매달려 쓰고 있는 시의 경우도 마찬가지다. 시란 나의 호소나 고백이나 요구를 타인에게 짧은 문장으로 임팩트 있게 밝히는 것에 더가 아니다.

만약에 "내 말 좀 들어 다오"가 "네 말 좀 들려 다오"로 바뀐다면 시가 바뀌고 세상살이가 깡그리 바뀔 것이라고 생각한다. 전혀 다른 쪽, 180도로 바뀔 것이라고 본다. 내가 나의 호소와 고백과 요구를 먼저 밝히지 않고 너의 그것을 먼저 들을 때 인간의 삶에서도 그렇지만 시의 세계에서도 너무나 놀라운 변화가 일어날 것이라고 본다.

정말로 그것이 그렇다. 최근 늙어서의 나의 시가 그렇다. 나는 결코 시를 잘 쓰는 사람이 아니다. 다만 잘 쓰고 싶은 사람이고, 또 시를 무한히 좋아하는 사람일 뿐이다. 그런데 내가 시를 대하는 태도가 바뀌면서 나의 시에 대한 세상의 평가와 접근이 달라졌다. 무조건적인 지지와 호응이 따랐던 것이다. 이 점은 나 스스로도 놀라운 일이라고 생각한다.

내 시각의 축이 '나 중심'에서 '너 중심'으로 바뀐 것에 중요한 요인이 있다. 일단은 내가 날마다 대하는 천차만별의 세상 사람들(독자라고 해도 좋겠다)의 말과 생각과 느낌을 내가 가감 없이 받아들인다. 그래서 그걸 나름대로 시로 바꾸어 다시 세상에게로 보낸다. 그러면 세상이, 세상 사람들이, 즉 독자들이 부드럽게 그걸 의심 없이 받아들여 준다.

이른바 선순환이 거기에 있는 것이다. ① 세상의 말과 생각과 느낌 → ② 나의 말과 생각과 느낌 → ③ 시 → ④ 다시 세상의 말과 생각과 느낌. 이렇게 되면 상생이 이루어지고 질서가 생기고 조화가 이루어지도록 되어 있다. 우선 나의 시는 나만의 시가 아니고 세상의 시이고 너의 시이고 불특정 다수의 시가 되는 것이다. 이 얼마나 융융(融融)한 어울림인가!

잠든 시간의
소망

사람이 세상을 살아가는 데 어찌 물건만 필요하고 음식만 필요하다 그럴까. 사람이 살아가는 데 필요한 것은 의식주, 그리고 행인데 이에 못지않게 필요한 것이 마음이다.

마음이라면 또 어떤 마음인가. 즐거운 마음이고 기쁜 마음이다. 그리고 그런 마음들이 꽃으로 피어나는 소망이 필요하다. 소망. 앞날에 자기가 하고 싶은 일, 이루고 싶은 삶, 바라는 바 그 무엇, '희망'이란 말과 같은 뜻의 말이다.

어린 시절에 사람은 희망의 마음, 소망을 가슴에 안고 자란다. 그야말로 희망이란 말, 소망이란 말은 어린 사람, 젊은이의 전유물처럼 느껴진다. 그러나 그렇지 않다. 소망은 어떠한 연대의 사람에게나 필요한 것이다. 삶을 유지하는 필수 요건이기 때문이다.

우리는 이미 알고 있는 일이다. 저 나치스 독일의 시대 아우슈비츠 수용소에 갇혔던 사람들의 이야기. 그 절망적이고 비

인간적인 환경 속에서도 내일의 희망을 잃지 않고 산 사람들이 뒷날 더 많이 살아남았다는 사실. 이것은 소망이 우리에게 얼마나 소중한 재산이요 능력인가 하는 것을 웅변으로 가르쳐 주는 사례다.

여하튼 인간은 하루 한순간도 미래의 소망 없이는 살아갈 수 없다. 소망이야말로 필수 비타민이나 아미노산과 같은 것이며 비상식량과 같은 것이다. 누구나 소망의 마음 없이는 지난한 삶을 견디어 낼 수 없다. 거센 인생의 강물을 건널 수 없다. 소망은 결코 젊은이들만의 전유물이 아니라 그랬다. 아무리 나이가 많은 사람, 노년의 사람이라 해도 소망을 가슴에 품고 살아야 한다.

소망은 깨어 있을 때만 중요한 것이 아니라 잠든 시간에도 중요하다. 날마다 우리는 저녁 시간이 되면 잠자리에 드는데 그런 시간에도 소망은 역시 필요한 것이란 말이다. 누구나 사람은 잠이 들 때 아주 짧은 시간 오늘의 삶을 반성하고 내일의 삶을 생각하면서 잠이 든다. 그때 참으로 좋은 사람, 현명한 사람은 오늘의 삶 가운데 아쉬운 점, 미진한 일들을 짧게 반성하고 내일에 할 일을 길게 가슴에 품는다. 그러면 그 사람의 잠결이 편안해지고 그렇게 잠든 사람의 얼굴은 평온해진다.

의외로 사람이 잠을 자면서 보내는 시간은 길다. 이렇게 긴 시간 동안 편안한 마음과 평온한 얼굴로 잠을 자는 사람은 그렇지 않은 사람에 비해 그 얼굴 자체가 다르다. 조금씩 얼굴 형태가 바뀌어 간다. 특히 입꼬리가 올라간다. 늘 웃는 사람의 얼굴이 된다.

이런 사람의 일상은 평온하게 되어 있고 이런 사람이 하는 일은 잘 풀리게 되어 있다. 대인 관계 또한 부드럽고 자연스러워진다. 그야말로 성공한 사람의 인생이 된다. 소망. 그것은 인간의 운명을 바꾸어 놓는 소중한 씨앗이다. 그만큼 인간에게 소망은 소중하고 필요한 것이다.

나의 이런 생각과 주장이 맞는가 아닌가 의심스러운 분들은 속는 셈 치고 날마다 잠을 잘 때 한번 실험해 보기 바란다. 어찌 오늘의 감사와 내일의 소망을 가슴에 품고 따스하면서도 편안하게 잠이 드는 사람과 원망과 불평과 분노를 품고 불안하게 잠이 드는 사람의 삶이 같을 수 있겠는가.

가난한 마음

내가 맨 처음 '가난한 마음'이란 말을 들은 것은 박목월 선생의 책에서였다. 시인이 되겠노라, 처음 마음먹고 이러저러한 책을 읽고 시를 베끼고 그러던 시절이었다.

숨어서 한철을 효자동에서/ 살았다. 종점 근처의 쓸쓸한/ 하숙 집.// 이른 아침에 일어나/ 꾀꼬리 울음을 듣기도 하고/ 간혹 성경을 읽기도 했다./ 마태복음 5장을, 고린도전서 13장을.// 인왕산은 해 질 무렵이 좋았다./ 보랏빛 산외(山巍)* 어둠에 갈앉고/ 램프에 불을 켜면/ 등피에 흐릿한 무리가 잡혔다.// 마음이 가난한 자는 복이 있나니… 아아 그 말씀. 그 위로/ 그런 밤일수록 눈물은 베개를 적시고, 한밤중에 줄기찬 비가 왔다.// 이제 두 번 생각하지 않으리라./ 효자동을 밤비를 그 기도를/ 아아 강물 같은 그 많은 눈물이 마른 하상(河床)에/ 달빛이 어리고/ 서글픈 평안이/ 끝없다.

*산외(山巍): 산의 높고 큰 모양, 높고 큰 산

이것은 그분의 두 번째 시집 《난, 기타》(1959년)에 실린 "효자동"이란 작품이다. 이 작품 "효자동"은 같은 책에 실린 "뻐꾹새"란 작품과 함께 박목월 선생의 작품 가운데 가장 인간적이며 고뇌 어린 내용을 담고 있는 작품이다. 언제나 반듯한 자세로 맑은 심성을 절제된 언어 형식으로 표현하던 선생의 작품 세계와는 꽤나 거리가 있는 작품이다. 조금쯤 감정의 과잉이라 그럴까. 어쩌면 그 점 때문에 내가 좋아하는 작품이 되었는지도 모른다.

시 내용 가운데 "마음이 가난한 자는 복이 있나니…"는 우리가 잘 아는 바와 같이 신약성경의 마태복음 5장 3절부터 12절까지 나오는, 이른바 예수님의 산상수훈(山上垂訓) 팔복(八福) 부분의 첫머리를 말하는 것이다. 그러나 나는 어린 마음에 "마음이 가난한 자는 복이 있나니…" 그 부분이 도무지 이해되지 않았다. 그것은 그 뒤, 어른이 되어서도 한참 동안 그랬다. 어찌 마음이 가난한 자에게 복이 있단 말인가? 가난은 누구나 다 싫어하고 피하고 싶은 대상이 아닌가?

어설프게 신자 생활을 하면서 가끔은 일요일 예배 시간 목사님 설교를 통해 가난한 마음에 대한 이야기를 전해 듣기도 한다. 여러 이야기, 서로 다른 해석이 있을 수 있겠다. 그러나 지난번(2024년 8월 18일), 내가 다니는 공주중앙장로교회 김진영 목사님은 이 가난한 마음(성경대로라면 "심령이 가난한 자")에 대해서 매우 구체적이면서 확고한 말씀을 전해 주셨다. '선한 영향력'에 대한 설교였다.

"우리는 다 같이 가난한 마음을 가져야 합니다. 나의 모든 일에 감사하며 나의 모든 일이 과분하게 여겨지는 마음이 바로 가난한 마음입니다. 하나님의 과분한 은혜를 알고 하나님 앞에 바짝 엎드릴 때, 나의 무능과 연약함을 인정할 때, 하나님의 더욱 크신 은혜가 따릅니다."

이 말씀을 듣고 노트에 기록하는 순간, 나의 마음속에는 조그만 촛불이 하나 반짝 밝혀지는 느낌이 왔다.

그렇구나. 가난한 마음이란 다만 빈한한 마음, 곤궁한 마음이 아니라 낮은 마음, 작은 마음, 겸손한 마음을 가리키는 거구나. 그렇다면 이쯤에서 나도 할 말이 전혀 없는 게 아니다. 나름대로 나는 가난한 마음을 '작은 것을 사랑하고, 낡은 것 옛것을 소중히 여기며, 주변에 흔한 것을 함부로 하지 않는 마음'이라고 생각하며 살아왔다. 교직 정년을 맞고 노년에 이르러서의 생각과 삶이 그러했다. 그래서 스스로 만족하고 행복했다.

나아가 나는 우리가 어떻게 하면 좋은 삶을 살 수 있을까에 대해서 생각해 본 일이 있다. 삶의 덕목이라 할 것이다. 우선은 개인 생활(나)에서의 근면과 검소. 대인 생활(나와 너)에서의 겸손과 정직. 그리고 사회 생활(세상)에서의 배려와 존중. 이 가운데 한 가지라도 제대로 실천하기는 쉬운 일이 아니다. 이러한 항목들은 한결같이 고답적이고 비현실적으로 보이기 십상이다. 그래도 나는 이것이 최선이며 우리가 이렇게 살지 않으면 가능성과 출구가 없다고 본다.

깜냥껏은 애써 보고 노력하도록 해야 할 일이다. 그러는 동안 우리는 한 걸음씩 우리가 목표한 지점으로 다가가는 사람이 될 것이다. 무슨 일이든 한꺼번에 와르르 이루어지는 경우는 그다지 많지 않다. 어디까지나 인생의 일들은 점진적으로 좋아지도록 되어 있다. 좋다. 가난한 마음이 우리를 더욱 아름답고 완전한 사람으로 바꾸어 줄 것이다. 무언가 좋은 쪽으로 이루어지다가 중간에 멈추는 것도 그만큼 이루어진 것은 이루어진 것이다.

항상
기뻐하라

17년 전, 병원에서 중환자로 지낼 때의 일이다. 그 당시 나는 외과적 치료가 불가하여 내과 환자로 돌아 내과 치료를 받던 시기였다. 병원에 묶여서 사는 환자. 두 팔에 주삿바늘을 꽂고 콧줄이란 게 코에 꽂혀 있어 사로잡힌 짐승처럼 살고 있었다.

환자의 삶이란 날마다 지루하고 우울하고 따분할 뿐이다. 오직 하는 일이 누워서 주사를 맞는 일이고 간호사와 의사를 기다리는 일밖에 없었다. 그러던 어느 날, 나는 병실 구석에 있는 화분 하나를 보았다.

그것은 양란. 누군가 선물로 환자에게 준 화분인데 환자가 병실을 떠나면서 두고 가서 그렇게 오랫동안 병실 구석을 지키고 있던 모양이었다. 그래도 화분의 꽃은 여전히 싱싱하고 아름답게 보였다. 저 화분의 꽃을 그려 보면 어떨까, 나는 물끄러미 화분의 꽃을 보며 그런 생각을 하고 있었다.

그렇다. 그러면 이 지루함과 따분함과 우울에서 벗어날 수

265

있겠지. 그러노라면 제자리걸음을 할 뿐 좀처럼 호전되지 않는 병세도 좋아지겠지. 나는 아내에게 간호사실에 가서 복사지 몇 장을 얻어 와 달라고 부탁했다.

아내가 복사지를 얻어 오자 나는 그 복사지를 들고 돋보기를 찾아 쓰고 침대에서 내려 병실 바닥에 쪽의자를 놓고 앉아서 화분의 양란을 그리기 시작했다. 본래 나는 화가가 아니고 데 생력이 충분한 사람도 아니다. 무언가 조그만 그림 하나 그리려면 시간이 많이 걸린다.

보고 또 보고 망설이고 또 망설이는 그림이다. 졸렬하기 이를 데 없는 그림. 하지만 그림이 완성되고 나면 상당한 기쁨을 맛보게 되고, 그림 그리는 과정에서도 집중력, 몰입의 기쁨을 맛본다. 이때의 기쁨은 매우 특별한 것이다. 지금까지의 내가 다른 사람으로 바뀌는 듯한 그런 기쁨이다.

정신적 몰입과 기쁜 마음. 이보다 사람에게 좋은 것은 없다. 더구나 병으로 죽어 가는 사람에게 이보다 더 좋은 치료 방법은 없다. 그때 나는 사람은 음식이나 물이나 공기만으로 사는 게 아니라 기쁨으로도 산다는 걸 깨달았다.

정말로 그렇다. 기쁨이야말로 사람을 살리는 가장 좋은 약이다. 무릇 사람은 기쁨이 부족해서 병에 걸리는 것이다. 또 걸린 병에서도 쉽사리 낫지 않는 것이다. 기쁨의 반대는 절망이고 분노이고 또 스트레스. 그것은 인간의 올무. 그 올무에 걸리지 않도록 해야 한다.

공자의 《논어》를 읽어 보면 가장 많이 나오는 글자가 '기쁠 열'(悅) 자와 '즐거울 락'(樂) 자다. 합하면 '열락'(悅樂). 기뻐하고 즐거워하라는 뜻이다. 그러니까 공자가 우리에게 권유한 가장 좋은 삶의 형태는 기뻐하고 즐거워하는 삶이었던 것이다.

그것은 《논어》의 첫 문장을 읽어 봐도 이내 알 수 있는 일이다. "학이시습지 불역열호(學而時習之 不亦說乎) 유붕자원방래 불역락호(有朋自遠方來 不亦樂乎)." 우리가 공부하고 때때로 익히며 멀리서 찾아오는 벗을 맞음은 오로지 기쁨과 즐거움을 얻기 위함인 것이다. 그런데 '학이시습'과 '유붕자원방래'만 강조하는 것은 공자가 애당초 뜻한 바와는 거리가 먼 삶이 되는 것이다.

나아가 《논어》에서 가장 좋은 문장 가운데 하나인 이런 문장을 예로 들어도 그렇다. "지자불여호자(知者不如好者) 호자불여락자(好者不如樂者)." 무언가를 아는 사람보다는 무언가를 좋아하는 사람이 나은 사람이고, 다시 무언가를 좋아하는 사람보다는 무언가를 즐기는 사람이 더 나은 사람이라는 것. 이 또한 즐거움을 인생의 최상 목표로 설정하고 있음이다.

이는 성경을 읽어 보면 더욱 분명해지는 일이다. "항상 기뻐하라 쉬지 말고 기도하라 범사에 감사하라 이것이 그리스도 예수 안에서 너희를 향하신 하나님의 뜻이니라"(데살로니가전서 5장 16-18절). 이보다 더 좋은 인생의 충고와 삶의 방책은 없다. 우리를 향하신 하나님의 뜻이 바로 "항상 기뻐하라", 기쁨인 것이다. 이보다 좋은 인생의 결론은 없다.

이천 년도 훨씬 전에 예수님/ 너무 쉽게, 알아듣기 쉽게 하신 말씀// 감사하면서 살아라/ 기뻐하면서 살아라/ 용서하면서 살아라// 그 말씀 너무 쉬워서/ 이천 년을 두고 저희들 아직도/ 깨닫지 못하고 삽니다.

- 나태주, "어리석음" 전문

나의 길을
간다

급히 볼일이 있어 풀꽃문학관에 나가 있던 날의 일이다. 오래
전부터 알고 지내던 한 지인이 문학관에 찾아왔다. 시간 약속
도 없이 불쑥, 여러 명이 함께 찾아온 것이다. 보통 때, 일이 없
을 때 같으면 느긋하게 시간을 갖고 이야기도 하고 노래도 불
러 주고 그렇게 했을 것이다. 그것이 풀꽃문학관에서 내가 할
수 있는 소임이라고 믿는 까닭이다.

그러나 그날은 사정이 그렇지 않았다. 여러 가지 내가 급하
게 처리해야 할 일들이 있었던 것이다. 밀린 우편물을 개봉하
고 읽어 보는 일, 책을 정리하는 일, 외부로부터 보내져 온 나의
시집에 사인하는 일, 꽃밭에 나가 꽃들을 살피는 일 등등.

그래도 나는 오랫동안 알고 지내던 분이기에 상당한 시간 이
야기를 나누었다. 대개 문학관을 찾는 분들은 정신적인 목마
름 때문에 오는 사람들이기에 그렇게 할 필요가 있다. 사정이
아무리 그렇다 하더라도 나는 더 이상은 시간을 내기가 어려웠

다. 그 정도에서 만남을 정리하고 싶었다.

나의 사정을 밝히고 이만 만남을 마칠 것을 제안했다. 그러나 방문객들은 아쉬움을 표현하면서 좀 더 시간을 내 달라고 말하는 것이었다. 이런 상황일 때 나는 잠시 망설이는 마음이 된다. 이렇게 내가 시간을 너무 많이 쓰면 안 되는데, 오늘 하기로 한 일을 무작정 미루면 정말 곤란한데, 그런 난감한 생각 말이다.

이럴 때 이야기해 주는 말이 "당신들도 당신들의 길을 가십시오"란 말이다. 야속하게 들릴지 모른다. 좀 더 이야기해 달라는데 무얼 그리 인색하게 구느냐 그럴지도 모른다. 그러나 그것은 인생의 속성을 잘 몰라서 그러는 것이다. 우리네 인생은 시간과 시간과의 약속으로 이루어져 있음을 알아야 한다.

시간은 누구에게나 공평하게 주어진 인생의 자산이다. 누구도 빌려줄 수 없고 빌려 쓸 수도 없는 특별한 자산이 시간이다. 시간을 얼마나 좋은 곳에 잘 사용하느냐에 따라 그 사람의 인생이 달라지도록 되어 있다. 나같이 나이가 제법 많은 사람은 더욱 시간이 급하고 귀하다. 그 어떤 것과도 바꿀 수 없는 대체 불가능 그 자체다.

나에게 시간을 달라면 돈을 달라는 말이나 마찬가지다. 그렇게 사람은 자기의 귀중한 시간을 소비하면서 자기의 인생을 산다. 그것도 혼자서 그 시간을 사용하면서 산다. 형식상 여럿이 같은 일을 하는 때에도 실은 혼자서 시간을 사용하는 것이나 마찬가지다. 인생이라는 것은 철저히 단독자라는 사실! 이것을 진즉 깨달아 알았어야 했다.

누구도 다른 사람의 인생을 방해하거나 간섭해서는 안 된다. 더구나 망가뜨려서는 절대로 안 될 일이다. 그것은 절친한 친구 사이에도 그렇고 가족 사이에도 그렇고 연인이나 부부 사이에도 그렇다. 서로 소통하고 어울리고 조화를 이루며 살 뿐이다.

오늘도 나는 나의 길을 간다. 이보다 더 좋은 삶의 명제는 없다. 이보다 분명한 인생의 사명은 없다. 그 자체가 소망의 깃발을 세우는 일이요 멀리 별을 품는 일이기 때문이다. 또, 인생에서 별을 품는다는 것! 그것은 그 무엇으로도 대신할 수 없는 귀중한 가치다.

인생에서 별을 가진 사람의 삶과 그렇지 못한 사람의 삶은 무엇이 달라도 다를 것이다. 별을 가진 사람의 삶은 어제의 일에 매몰되지 않고 내일을 향해 발돋움하는 삶이다. 무슨 문제나 잘못이 있다면 그 원인을 타인에게서 찾지 않고 자기 자신, 내부에서 찾을 것이다. 내 탓이요, 라고 고백하는 삶이 바로 별을 지닌 사람이 지닌 삶의 자세다.

당신 마음속에 별을 가졌음을 축하한다. 그 별이 당신을 어디로 인도할지는 누구도 모른다. 하지만 그 별이 당신을 좋은

곳으로 밝은 곳으로 아름다운 곳으로 데리고 갈 것이라는 것만
은 분명하다. 그것을 믿고 나아가는 당신의 앞날에 부디 내가
믿고 사랑하는 신의 가호(加護)가 있기를 빈다.